PENSION ALIMENTAIRE

Journaliste et écrivain français, Eric Neuhoff est né en 1956. Il a obtenu le prix Interallié en 1997 pour *La Petite Française* et le Grand Prix du roman de l'Académie française en 2001 pour *Un bien fou.*

Paru dans Le Livre de Poche :

HISTOIRE DE FRANK

UN BIEN FOU

ERIC NEUHOFF

Pension alimentaire

ROMAN

ALBIN MICHEL

ISBN : 978-2-253-12583-9 – 1re publication LGF

À Hubert et Gaspard

« Je me dis souvent que rien n'est aussi poignant qu'une vieille photographie de famille. »

Nancy MITFORD,
La Poursuite de l'amour.

– Comment est-ce que tu peux divorcer ? dit mon père au moment de l'addition.

Nous avions déjeuné dans cette brasserie à l'angle de la rue du Bac et de la rue de Varenne où ils servaient un tartare au paprika assez unique. Je ne sus pas quoi lui répondre. Quelques secondes avant, il avait lâché :

– Merde, j'ai la trouille.

Je ne l'avais jamais vu comme ça. On allait lui enlever un poumon. Moi, je n'allais pas tarder à perdre mes enfants. Kidnapping dans les deux cas. À la limite, je regrette presque cette période. Deux ans ont passé. Aujourd'hui mon père est mort et il faut voir avec quoi les fait vivre mon ex-femme. Les trois quarts du temps, mes fils habitent chez un publicitaire amateur de partouzes.

Camille a attendu des mois pour me mettre au courant. Ce sont les enfants qui ont obligé leur mère à m'avouer la vérité. Ils n'en pouvaient plus de me mentir. Elle m'a téléphoné, m'a donné rendez-vous dans un café du sixième arrondissement à dix heures, un vendredi matin. Elle est arrivée en retard. Je m'étais installé sur la terrasse, j'avais déjà bu un café, mais elle a préféré s'asseoir à l'intérieur. Au comptoir, elle a salué des filles qui rigolaient, des vendeuses d'une boutique voisine visiblement. Je lui ai laissé la banquette.

– Il fait chaud, non ? a-t-elle dit en enlevant son écharpe en soie.

Il y avait longtemps que je n'aimais plus la façon dont elle s'habillait, mais ces bottines de daim, cette redingote en jean étaient réellement merdiques. Je n'avais plus à me mêler de ça : nous étions séparés depuis un an et quelque. Ça n'était pas pour moi qu'elle s'était mise en frais. On dit que les gens changent. C'est une façon de signifier que les maris se lassent de leur femme et vice versa. *J'ai changé, tu sais.* Ensuite, Camille a parlé des enfants. Je la trouvais bien un peu rouge. C'était pour ça qu'elle m'avait fait venir, pour m'informer que les enfants étaient plus calmes, qu'ils revenaient sereins des week-ends avec moi ? Elle avait son air absent, ses yeux sombres qui lui donnaient quelque chose de méchant ou d'énigmatique, cela dépendait. Elle ne me regardait pas vraiment en face. Ça n'était pas dans ses habitudes. Elle se balançait toujours sur sa chaise, une vieille manie qu'elle avait.

Cette fois, je ne lui en fis pas la remarque. Je tâchai de lire sur ses traits comme un navigateur doit essayer de déchiffrer le ciel étoilé. Avec le recul, je devine ce qu'elle pensait, à ce moment-là. « Il ne sait pas. Il est évident qu'il ne sait pas. » Non, je ne savais pas. Comment aurais-je pu ? Le divorce engendre de nouvelles planètes parfaitement étrangères. Je m'attendais à ce qu'elle me demande de lui avancer de l'argent. Quel naïf je faisais ! Elle devait se dire que je n'avais pas été bien curieux. Ou alors que je me bouchais les yeux. Elle plongea la main dans son sac. Pendant un instant, je craignis qu'elle n'en sorte un revolver pour me tirer dessus. J'avais souvent imaginé une scène de ce genre. Au lieu d'une arme, elle s'empara d'un paquet de cigarettes. Comme ça, elle s'était remise à fumer. Pourtant, elle avait arrêté il y a des années, à la naissance de notre aîné. Soudain, elle a changé de sujet. Elle respira d'un coup, avec une sorte de soupir, comme si elle entrait dans une mer glacée.

– Je voulais te le dire avant que tu l'apprennes par l'extérieur. Je suis avec quelqu'un.

– Ah.

– Que tu connais.

Je sentis mon cœur tambouriner. En une brève seconde, j'imaginai un de ces types de la mode qu'apparemment elle s'était mise à fréquenter ou un animateur de chaîne câblée, l'attaché de presse d'une maison de couture ou – encore pire – un critique littéraire. Je n'y étais pas, mais alors pas du tout.

– Qui ça ?

– Pierre Maurin.

– Pas mal, celle-là.

– Qu'est-ce qu'il y a ?

– Oh, rien. Je trouve ça un peu lourd, c'est tout.

L'incrédulité devait envahir mon visage. Je me suis levé, ai quitté le bistrot sans lui dire au revoir. Il a fallu que je revienne sur mes pas, pour régler mon café. Sinon, nous n'avions pas eu le temps de commander de consommations. Elle n'avait même pas allumé sa cigarette. *Mariage foireux, Vol. 2.*

Vous voulez savoir ce que ça m'a fait ? Je n'ai pas eu, non, envie de me jeter sur elle pour l'étrangler. J'ai été sonné, furieux, incertain, stupéfait, humilié. Je me suis senti ridicule et très con. Aucun complexe : elle avait dit ça sans la moindre gêne. Moi, j'avais toujours cru que le fait de se sentir coupable impliquait une dose relative d'honnêteté. D'une certaine manière, j'avais toujours redouté que cet instant arrive. J'avais néanmoins envisagé d'autres versions. Pierre ? Non, je n'y avais pas pensé. Quelqu'un vous dit quelque chose : tout d'un coup, on ne respire plus le même air. Le naïf que j'étais. Je me déçus moi-même. Je n'ai même pas eu la présence d'esprit de lui répéter ce que j'avais appris de lui. Pierre Maurin. *Gloups*.

Boulevard Saint-Germain, je me suis souvenu que c'était dans ce même café qu'Oscar, notre cadet, m'avait rejoint, le jour du divorce, juste après le tribunal.

– J'espère que tu as un bon avocat, avait dit mon père.

J'avais pensé : « J'espère que tu as un bon médecin », mais je n'avais rien dit. Je le regardai s'éloigner sur le trottoir, passer devant Matignon à pas lents, essoufflé, dans ce blouson de daim élimé que je lui avais toujours connu. Une rafale de vent souleva ses cheveux. Il ressembla soudain à Yves Montand dans une scène de *Vincent, François, Paul... et les autres* lorsqu'il quitte Stéphane Audran devant une station de taxis à Montparnasse. Pourtant, à la sortie du film, ses amis l'avaient plutôt comparé à Piccoli : la fameuse colère du gigot. Le nombre de repas où mon père avait explosé comme ça, le dimanche, en découpant un poulet ou un rosbif.

Je baissai les yeux. À mes pieds, le bitume était incrusté de vieilles pièces de monnaie. C'était des francs.

À cette époque, tout le monde était en train de divorcer. Je vivais entouré de types qui ne pouvaient plus voir leurs enfants. Ils se saoulaient le soir, louaient des meublés dans lesquels ils chialaient toute la nuit. Il était toujours question d'avocats, de gardes alternées, de prestations compensatoires. Leur portable sonnait sans arrêt. Ils s'éloignaient pour répondre, faisaient de grands gestes. Dans l'ensemble, ils parlaient trop vite, oubliaient ce qu'ils avaient dit la minute précédente. Moi aussi, j'avais failli devenir comme ça. Je me demande pourquoi ça n'est pas arrivé. Mes deux fils, sûrement. Grâce à eux, j'avais essayé de m'accrocher loyalement à mes rêves de gamin, même si le malheur est la chose la plus démocratique du monde. On y a tous droit, à un moment ou à un autre. J'avais échappé de justesse à cette vie grisâtre et monotone, chaotique et sans contrôle, baignée de honte et de regret. Je ne serais pas celui qu'on invite à dîner pour lui présenter la vieille fille de service ou la quadragénaire récemment larguée mais toujours sur le marché. Autre version, pas plus enviable : le play-boy sur le retour débarquant avec une conquête différente à chaque fois. Le maître de maison, avant de passer à table : « Rappelle-moi son prénom, déjà. » Le futur, merci bien, ne prendrait pas cette direction. À cause d'Hector et d'Oscar, il y avait même des périodes où j'oubliais d'être triste. Pour eux, je brûlais d'attraper le bonheur au lasso.

Le divorce fut pour notre génération une sorte de guerre d'Espagne (conseil aux prochains belligérants : la bataille se gagne dans les cinq dernières minutes). Le mariage constitua la seule aventure qui nous restait. Nous avons enfilé nos alliances comme on prendrait les armes. Le divorce était une malédiction, une aubaine, un bienfait, un châtiment divin. Il y avait la puanteur de l'échec, cette impression pas si désagréable de couler corps et biens, le silence mortel du crépuscule.

Quand même, nous aurons été au-dessous de tout. Certes, l'époque ne se prêtait pas aux héros ; grisée de médiocrité, elle en niait jusqu'à l'hypothèse, mais ça n'est pas une excuse suffisante. C'est comme si un dieu malin avait noté dans la marge de notre existence un « Peut mieux faire » rageur et désolé. Qui aurait placé le moindre espoir en nous ? Personne ne nous pressait de tenir nos promesses. Nous avions eu vingt ans. La vie était belle.

Elle serait interminable, oui.

Ce cher Pierre Maurin. Qu'est-ce que je pouvais faire ? Je n'allais tout de même pas l'appeler pour lui dire : « Saluuut ! J'ai toujours espéré que si Camille se remettait avec quelqu'un, ça serait avec toi. » Maurin. Bon sang, me disais-je, Pierre Maurin. Je croyais qu'il était mort. Pas étonnant qu'il ne m'ait plus donné de nouvelles. En un sens, je lui souhaitais bon courage. Camille n'était pas exactement un cadeau. Il était notre voisin du dessus, à l'époque de la rue Dupont-des-Loges. Il vivait d'abord avec une Noire américaine (mais nous ne le connaissions pas encore, bonjour bonsoir dans l'escalier), puis il s'était marié avec une fille qui était commissaire-priseur à Drouot. Michèle avait du chien et le menton en avant. Il avait fini par la quitter parce qu'elle ne pouvait pas avoir d'enfant. Les enfants, il en voulait des tas. Il en avait déjà deux de son premier mariage. Leur mère en avait la garde. Un matin, je l'avais croisé dans le hall de l'immeuble et il nous avait invités à dîner le lendemain. Camille avait dit que ça la barbait. Elle n'aimait pas sa Jaguar vert pâle, ses rouflaquettes, ses costumes à fines rayures.

Finalement le dîner s'était bien passé. Nous étions arrivés en même temps que le livreur de chez Picard. Il y avait des cravates, des petites robes noires. Le tutoiement est venu tout de suite. Étaient présents l'avocat du troisième et son épouse à chignon, le frère de Pierre, déjà chauve et bedonnant, l'ex d'un présentateur du JT. Il y avait l'inévitable blonde. Pendant l'apéritif (champagne d'une marque extraordinairement inconnue), Camille avait demandé à Pierre ce qu'il faisait dans la vie.

– Je mens !

– Mais encore ? avait-elle dit.

– J'ai une boîte de pub. Tu vois, les soutiens-gorge sur tous les murs de Paris ces jours-ci, eh bien c'est moi. Et pour ça, on me paye vingt briques par mois.

Au menu, soupe de lentilles et lasagnes, le tout arrosé d'un gentil bordeaux supérieur. La femme de Pierre n'ouvrait pas la bouche. Michèle disparaissait fréquemment dans la cuisine. Ah oui : le micro-ondes. L'appartement était immense, mais on percevait à intervalles réguliers le bip-bip si caractéristique de l'appareil. À table, la conversation roula sur le dernier Woody Allen. Les avis étaient partagés. Ça n'était plus ce que c'était. Mais si, comme c'était drôle ! La séquence avec la cousine déjantée. Je ne l'avais pas encore vu et Camille n'allait plus jamais au cinéma. Ensuite, on revint sur l'affaire du metteur en scène et de Mia Farrow. Pierre prit le parti de Woody Allen. Il ne comprenait pas ce qu'on lui reprochait. Si ce gars-là avait envie de coucher avec Soon-Yi, pourquoi pas ? Ça n'était que la fille adoptive de sa compagne. Ce qu'il y avait, c'est que la Vietnamienne (émois divers : elle était coréenne, elle était cambodgienne, on ne savait pas, d'ailleurs on s'en foutait) était moche comme un cul. Pierre clamait son dégoût haut et fort. Ils étaient mariés ? Est-ce que Mia Farrow et Woody Allen étaient mariés ? L'avocat glissa que, juridiquement, ça ne changeait rien au problème. Il y avait les Polaroid de la demoiselle dénudée. Pierre dit que Mia Farrow était une cinglée. La blonde boudait, comme souvent les blondes. Dans les assiettes à dessert, la glace à la pistache était en train de fondre. Pierre raconta l'histoire de la pute qui recrache des pépins de figue après avoir taillé une pipe à un client libanais. Camille leva les yeux au ciel. Moi, je trouvais ça drôle. Pierre s'excusa : le café était de l'instantané.

– Je ne m'investis pas dans l'oralité.

Cette phrase, nous n'avions pas fini de l'entendre.

– Il n'y a pas de déca ? dit quelqu'un.

Au salon, Pierre alluma un cigare. Il parlait de Camilla Parker-Bowles, du Baron, cette boîte un peu spéciale de la rive droite. La blonde demanda si on pouvait lui appeler un taxi. Pierre lui donna généreusement son numéro prioritaire. Camille bâillait. Elle aurait pu être plus discrète. Son regard m'adressait des appels de phare. Pierre se mit à dire du mal de De Gaulle. Je défendis le Général. Très vite, je vis que Pierre n'avait pas lu les *Mémoires de guerre*. Je lui demandai s'il se serait occupé d'une campagne de publicité pour Pétain.

– Même pour les Allemands ! Ça aurait dépendu du prix.

La réponse me plut. Monsieur Vingt-Briques-par-mois ne pratiquait pas la langue de bois.

Nous nous revîmes, avec Michèle, puis sans. Ils passaient prendre un verre ; nous montions pour un couscous, du saumon fumé. Les gens étaient toujours un peu les mêmes. Tout cela parlait un peu trop d'argent à mon goût. « Vingt briques par mois », répétait-il. J'étais loin de gagner ça, dans la maison d'édition où je dirigeais une collection de littérature étrangère. Très vite, Pierre me demanda de lui arranger un rendez-vous avec le P-DG. Ils firent affaire. Pierre organisa une campagne d'affichage dans le métro, sur les culs de bus. On se recevait beaucoup, rue Dupont-des-Loges, on dînait chez les uns et chez les autres, animés par cette amère certitude que le bonheur se cachait ailleurs. Il y avait dans les escaliers tout un ballet de baby-sitters, de grosses nounous noires, de menues Philippines avec leurs mollets ronds et leurs jambes arquées. Les poussettes se bousculaient dans le hall. Cette chaleureuse promiscuité avait ses avantages. Je sais aujourd'hui qu'elle avait aussi ses inconvénients. Tous ces maris qui s'imaginaient dans les bras de la femme d'à côté, fatigués de la pesanteur conjugale. Toutes ces étreintes légères, différentes, qui étaient là, à portée de main. Le souffle soyeux de l'adultère envahissait les esprits, rendait presque mystérieux, bourdonnants d'excitation et de possibilités, ces innombrables verres, cocktails, apéritifs, ces rencontres gratuites, informelles, bon enfant. *Si on faisait quelque chose, une petite fiesta, disons : demain, vous viendrez, n'est-ce pas ?* On venait, bien sûr. On n'allait pas manquer ça. La vodka au parfum presque gras. La blanche fulgurance du gin. L'incontournable, le valeureux champagne, toujours prêt, comme un horse-guard à la parade. Le fidèle vin blanc avec ses reflets presque verts. Le whisky et ses manières impeccables de gentleman en tweed roux. La buée sur le seau à glaçons. Les bavardages familiers. Les haut-parleurs qui déversaient des flots de Billy Joël dans la vaste nuit liquide. Maintenant, tout le monde a déménagé. L'immeuble a été vendu à la découpe.

Pauvre Michèle. Qu'est-ce que je n'ai pas entendu sur elle ! Toutes les semaines elle allait consulter un nouveau médecin. Pierre devait à chaque fois lui donner des échantillons de ses spermatozoïdes. Elle parlait d'insémination artificielle. Pierre commença à en avoir marre.

– J'ai mal aux couilles, me disait-il quand Camille était dans la cuisine. Michèle n'a qu'un truc pour elle : sa chatte. Tous les mecs sont fous de sa chatte.

Michèle revenait et Pierre barrait ses lèvres de l'index.

Là-dessus, Pierre divorça.

Et ce fut ce dîner rue Dupont-des-Loges. Camille avait décidé de l'organiser pour réconcilier un cinéaste avec un académicien qui avait éreinté son nouveau film dans un hebdomadaire. Au dernier moment, elle invita Pierre. Je n'étais pas très chaud, persuadé que ça ne collerait pas avec les autres convives. Elle oubliait qu'il était invivable et cyclothymique.

– Ça détendra l'atmosphère, assura Camille.

Bon. Le jour dit, on commença à sonner à neuf heures moins le quart. Camille avait préparé des langoustines à la coriandre (une recette que lui avait refilée la restauratrice Olympe) et une dorade en papillote de chez Duloube. Il y avait l'académicien français accompagné d'une brune assez silencieuse, un banquier et son épouse qui était quelque chose dans les relations publiques d'une chaîne de télévision. Le cinéaste était venu avec une ancienne actrice qui s'était reconvertie dans l'humanitaire.

Champagne pour tout le monde. L'académicien et le metteur en scène s'étaient salués sans évoquer l'article incriminé. Les femmes s'enthousiasmaient pour un bar à eau qui venait d'ouvrir rue Saint-Honoré. Il était neuf heures et demie et toujours pas de Pierre. Camille s'inquiétait. Je lui lançais des regards lourds de sous-entendus, traduction : Je te l'avais bien dit. On allait passer à table, il était près de dix heures quand il arriva. Très à l'aise, ne connaissant personne, serrant des mains, disant oui à tout : au Billecart-Salmon, à sa place entre l'actrice et l'attachée de presse. Il se mit à embrayer sur une histoire drôle qu'il avait entendue chez son coiffeur. L'histoire était bien un peu leste pour les hors-d'œuvre et l'assemblée. Il y eut des rires. On cita le nom d'un romancier qui venait d'obtenir le prix Femina. Pierre l'avait croisé à une exposition au musée des Arts décoratifs. Verdict : « C'est un schpountz ! » La femme de l'académicien prit la défense du récent lauréat. Pierre la scruta quelques secondes et lâcha avec un fin sourire : « Pauvre couille. » Puis son rire, son fameux rire en cascade, qui résonnait sous les plafonds, s'entendait d'un étage à l'autre, rebondissait sur les façades. Cela jeta un froid. Les autres firent semblant de ne pas avoir compris. Je n'avais pas remarqué que Pierre était déjà ivre-mort. Les gens étaient bien élevés. Du coup, on négligea le différend qui opposait le metteur en scène à l'écrivain du Quai Conti. Le banquier dissertait sur la Bourse en ligne. L'académicien revenait sur les circonstances de son élection : il s'y était repris à quatre fois avant de réussir à entrer sous la Coupole. Il promit au cinéaste d'aller revoir son film. La brune regardait en l'air. Pierre vidait son verre, distribuant les qualificatifs autour de lui. Les mots « Schpountz », « Pauvre couille », jaillissaient sans cesse de ses lèvres. Camille me jetait des œillades affolées. C'était sa faute. Je résolus de ne pas intervenir. Qu'elle se démerde, avec ses initiatives à la con ! Au plat de résistance, Pierre s'aperçut qu'il avait réellement trop bu. Soudain, il se leva et commanda un taxi. Je l'escortai dans le couloir. Il resta debout dans l'entrée et parut ne plus savoir pourquoi il avait enfilé son pardessus beige au col de velours. Les minutes s'écoulaient. Pierre ne bougeait pas. Il me dit qu'il avait revu sa première femme, qu'ils avaient eu rendez-vous au bar du Bristol. Le taxi avait dû repartir, maintenant. Pierre revint s'asseoir à table sans quitter son manteau. Il avait sûrement réfléchi. S'il s'en allait, on parlerait de lui – et alors là… L'ancienne actrice demanda la permission de fumer. Les hommes l'écrasaient de questions. Elle avait jadis tourné dans un film de Rohmer que nous avions tous vu à l'époque. Sa carrière s'était arrêtée là, de son fait. Elle rappela que Bertolucci lui avait proposé le rôle de Maria Schneider dans *Le Dernier Tango à Paris*. L'Italien avait été clair sur son projet. Est-ce qu'elle était prête à aller un peu loin ? Pour la tester, il lui demanda si elle passait l'aspirateur toute nue. Elle répondit qu'elle ne passait jamais l'aspirateur. La suite est connue. L'ex-actrice conclut l'anecdote en disant qu'elle ne pouvait plus emprunter le métro aérien, traverser le pont Bir-Hakeim sans repenser à cette entrevue. Pierre soupirait un « pauvre couille » presque éteint. Le cœur n'y était plus. L'alcool l'avait amorti. Les mots se dissociaient dans sa bouche, se détachaient les uns des autres, comme les morceaux d'un ver de terre. Les hommes prirent le parti de l'ignorer. Les dames rejoignaient Camille dans la cuisine. Elles l'interrogeaient avec embarras : « Qu'est-ce qu'il a, votre ami ? Il ne va pas bien. » Camille s'excusait, les informait qu'il était en plein divorce. Petits hochements de tête. On rangeait les assiettes sales dans le lave-vaisselle. Le dessert, une glace à la rose de Pierre Hermé, fut expédié. Les invités s'envolèrent sans désirer de café. Pierre, lui, se répandit sur le canapé, toujours dans son pardessus. Son visage avait pris la blancheur d'un os de seiche. Il resta là jusqu'à trois heures du matin, jurant qu'il allait se suicider.

– Je vais me flinguer, moi. Vous n'avez plus de champagne ?

Le lendemain, ce furent des téléphones à n'en plus finir. L'académicien évoqua ses plus fameux dîners ratés, suggéra d'en faire un recueil de nouvelles. L'ancienne actrice avait oublié ses lunettes sur un guéridon. Pierre ? Qui ça ? dit-elle. Le réalisateur demanda qui était ce con-là.

Tout le week-end, Camille tourna en rond. Elle se rongeait les sangs.

– Je te jure, on devrait l'appeler. Et s'il avait vraiment fait une bêtise ?

C'est ça. Je haussai les épaules. Lui, se tirer une balle ? Il aurait trop peur de tacher son costume. Il ne rappela que le lundi soir pour savoir si nous voulions sortir. Visiblement, il ne se souvenait de rien.

– Je crois que j'ai un peu chargé la mule, l'autre jour.

Il n'était pas interdit de dire ça, non.

Bon, essayons de reconstituer les faits. Il fallait suivre, avec lui. Quand on a emménagé rue Dupont-des-Loges, il vivait donc avec son héritière de Saint-Domingue (finalement, elle n'était pas américaine, comme on l'avait cru au début), la Noire au long cou et aux hanches rebondies. Ensuite, il y eut sa deuxième femme, Michèle (vous suivez ?). Puis ce fut une divorcée à cheveux courts façon Jeanne d'Arc qui avait un fils diabétique et qui disait de Pierre : « Entre nous, c'est une histoire de cul. » L'affaire ne dura pas, Pierre ne précisa pas pourquoi.

Après la rue Dupont-des-Loges, il y eut l'époque où il vécut à l'hôtel Lancaster. Il vidait le minibar de sa chambre dont il détaillait longuement les tarifs au téléphone, éclatait de rire en disant que le barman croyait qu'il était de Nantes. Je le surnommai aussitôt le Beurré nantais. Quand je l'appelais, je m'annonçais en proclamant : « Room service. » Il déménagea, s'installa tout seul dans le dix-septième, rue Théodule-Ribot, entre le parc Monceau et la place des Ternes. Lorsqu'il pendit la crémaillère, Camille et moi n'étions plus en si bons termes. C'est le week-end suivant que, d'un commun accord, nous décidâmes de faire domicile à part. Il n'y avait personne, ni d'un côté ni de l'autre, mais ça ne pouvait plus durer. Quinze ans de mariage. Pour notre génération, il s'agissait presque d'un record. En attendant que le divorce soit prononcé, je lui laissais la rue Dupont-des-Loges. Je partis occuper ce rez-de-chaussée, rue Las-Cases, qui appartenait à mes parents. Eux étaient au premier. La nuit, j'étais réveillé par les quintes interminables de mon père qui résonnaient jusque dans la cour. Au bout d'un moment, je l'entendais qui se levait, ses pas sur le parquet, la chasse d'eau, un robinet qui coulait. Je l'imaginais plié en deux devant la glace, les deux mains agrippées au lavabo. Une nuit, cela dura plus longtemps que d'habitude. Au matin, une ambulance l'emmena à l'hôpital. Il n'en revint jamais.

À la limite, je pouvais comprendre qu'une femme qui m'avait aimé tombe amoureuse de lui. *À la limite.* En un sens, j'aurais préféré que cela se passe à l'époque de la rue Dupont-des-Loges, avant que nous ne devenions vraiment amis avec lui. Pourquoi avoir attendu ? *Je te quitte pour le voisin du dessus.* On aurait gagné du temps. Cela aurait eu le mérite d'être propre et net, comme les vingt centimètres de tissu qu'on tire pour s'essuyer les mains dans les toilettes des restaurants. « Vous êtes prié de laisser cette famille dans l'état dans lequel vous auriez aimé la trouver après des années de mariage. » Sacré Pierre. Avec les professionnelles qu'il fréquentait, il devait savoir faire des trucs que je connaissais pas. Et si c'était au contraire le type capable de nouer sa cravate dans le noir, mais pas fichu de trouver un clitoris avec une lampe de poche ? Ça, la partie visible de l'iceberg avait de quoi séduire. Belle gueule ravagée. Couperose (alcool) et plaques d'eczéma (stress). Une tête de lutin grisonnant. Éternel sourire de vieil angelot pervers. Des yeux étonnés, profondément enfoncés dans leurs orbites, de petits yeux de homard. Faux air de ce chanteur de variétés qui s'appelait Herbert Léonard. Encore mince pour son âge. Coquet, le genre à se regarder dans les vitrines en marchant, à se recoiffer dans le rétroviseur. Style assez klaxonneur. Il en faisait un peu beaucoup. « J'adore les costards », proclamait-il à tout bout de champ. Très bien, mais j'aurais préféré que ça ne tombe pas sur un type qui avait cru bon de me jurer son amitié éternelle, qui n'avait jamais rencontré quelqu'un d'aussi exceptionnel que moi, qui s'était salement épanché dans mes bras. Ah, ses confidences intarissables dès que la nuit arrivait. Le champagne le rendait volubile et sentimental. À la réflexion, il éprouvait une intense passion pour lui-même. L'écouter m'occupait. Je me sentais moins seul. Enfin, j'avais trouvé plus désespéré que moi. Le nombre de fois où il m'a annoncé son suicide... Je ne m'inquiétais pas outre mesure.

Un soir, je lui ai prêté mon vieil exemplaire de *Je te reparlerai d'amour*, en Presses-Pocket, le volume à la couverture orange avec une photographie démodée. Il ne me l'a jamais rendu. Je suis sûr qu'il ne l'a même pas lu. Dans sa bibliothèque, il n'y avait que des DVD de Tony Scott.

L'été ne voulait pas finir, cette année-là. C'était un mois d'octobre chaud et doré. Le vendredi, les voitures fuyaient la ville. Les feuilles des arbres ne se décidaient pas à tomber. Il y avait l'après-midi une lumière de miel. Le soir descendait sur les avenues avec le naturel d'une actrice de la Nouvelle Vague. Quand j'étais enfant, les automnes étaient tous comme ça.

Le soir venait et les téléphones sonnaient, comme des signaux de fumée de colline en colline. Le pouls de la ville battait plus vite. Les immeubles de bureaux se vidaient. Tout le monde appelait tout le monde. Il y avait sûrement une fête, un dîner quelque part. Les heures prochaines seraient sans limites. L'électricité du crépuscule crépitait dans les rues et les restaurants. Chacun prenait son élan pour plonger dans la nuit.

À la maison d'édition, on me fichait une paix

royale. J'avais publié un roman américain dont le héros était un jeune homosexuel amoureux de Jackie Kennedy. Par miracle, le titre, qui pourtant n'avait pas très bien marché aux États-Unis, se propulsa en tête des ventes. La raison en était peut-être qu'il s'agissait du seul roman américain où il n'était pas question du 11 Septembre. L'auteur parlait un français impeccable. Il avait fait des études à Nice. Sa tournée de promotion fut sans bavures. C'était Kit Wilson par-ci, Kit Wilson par-là. Il posait pour les photographes, souriait aux journalistes, répondait par des pirouettes qui se retrouvaient en caractères gras en haut des articles. La France l'avait adopté. Malgré les orientations sexuelles de son personnage, je m'aperçus que Kit couchait toujours avec des femmes. Aux critiques littéraires, il préférait les actrices et les mannequins. Je ne pouvais pas lui donner tort.

L'auteur préparait une suite. Cette fois, il serait question de Lady Di. Kit ne voulait traiter qu'avec moi. Le livre s'arrachait tellement qu'il fallut repousser la parution en poche. C'était presque du jamais vu. Bertrand m'attribua un bureau plus grand qui dominait le cimetière Montparnasse. Mes notes de frais étaient illimitées. Au Dôme, je n'avais qu'à signer l'addition. Pour tout le monde, je devins l'éditeur de Kit Wilson. J'eus droit à ma notice dans le *Who's Who*. Je refusai le portrait en dernière page de *Libération*. Pour se venger, ils me démolirent sur quatre colonnes dans lesquelles on me soupçonnait d'avoir été plus ou moins le nègre de Wilson. Bah, voyons. Si ça pouvait leur faire plaisir.

– Viens, me dit-il. On va boire du rhum de pirates !

Le ton était sans appel. Je traversai Paris en taxi. J'avais déjà dîné et je n'avais rien de mieux à faire. La porte était entrouverte. Pierre était en train de téléphoner. Il revenait de son jogging. Il était affalé sur son canapé, avec ses énormes New Balance, son tee-shirt puant, trempé de sueur. Vert, le tee-shirt. Vert aussi le canapé, mais pas du même vert, plus foncé. L'endroit était impeccable. Rien ne traînait, pas un journal. Pas un cendrier débordant de mégots. Pierre se frottait la nuque. Il avait les cuisses écartées et un de ses testicules dépassait de son short. J'essayai de ne pas regarder vers le bas. Il ne se doutait de rien, avalait de larges gorgées d'eau minérale au goulot entre deux phrases. *Hé, tu sais quoi ? On voit tes couilles.* Il me fit signe de m'asseoir dans le Charles Eames. Il déplia à moitié une de ses jambes pour se gratter le genou. Je ne sais pas à qui il parlait, mais il n'avait pas l'air pressé d'abréger la conversation. Même de chez lui, il appelait toujours sur son mobile. Il prétendait être sur écoute. À ce moment-là, d'une élégante rotation du poignet, il referma son portable.

– Tu veux un Cuba libre ?

À part lui, plus personne à Paris ne buvait de rhum. « Cuba libre », je n'avais pas entendu ça depuis au moins trente ans. Playa de Aro. Le Palladium. Mungo Jerry. Sa couille droite avait réintégré sa tanière.

– Non merci, pas de rhum.

– Je te préviens : il n'y a rien d'autre.

– Un Coca, alors.

Je l'accompagnai à la cuisine. Le frigo ne contenait que des canettes rouges et blanches. Il m'en versa une dans un verre à pied, se prépara son cocktail.

– Je n'ai plus de glaçons.

Il était d'une humeur de catacombes. Il venait de perdre une importante campagne au profit d'une agence rivale. Il détestait ça.

– Les cons, bordel !

Il vida son verre presque d'un trait. Pourquoi m'avait-il dit de venir ? Son portable sonna.

– Putain, Dimitri ! Tu as vu ce qu'ils nous ont fait, ces salauds ? Je suis tendu comme un arc. Tout ça m'a foutu hors de moi. Je suis tellement énervé qu'il faut absolument que je tire un coup. On se retrouve à ton truc, là, à l'École militaire. Bah oui, maintenant, pas pour le petit déjeuner !

Voilà, c'était fini. Il me dit de l'attendre. Je le vis disparaître dans un couloir qui devait mener à sa chambre. Quand il réapparut, il était en costume, mais sans cravate. J'avais envie de pisser. Il m'indiqua la porte à gauche de la cuisine. À côté du porte-savon, il y avait une boîte de Maalox déchirée, un tube d'aspirine effervescente, des comprimés d'Alka-Selzer. Tout ce dont je me souviens de son appartement, c'est ça : l'arsenal de médicaments contre la gueule de bois autour du lavabo et la lumière de son frigo vide.

Un taxi nous amena à l'angle de l'avenue de La Motte-Picquet et de l'avenue de Tourville. Un géant brun en pull ras-du-cou faisait les cent pas sur la contre-allée, devant une sorte de club privé. Porte grise, un prénom féminin en guise d'enseigne. Pierre fit signe au pull ras-du-cou et descendit du taxi.

– Allez, viens, me dit-il. On va se marrer.

– Non, non, ça va.

– Ah, t'es chiant !

Il claqua la portière et alla rejoindre son acolyte qui le salua le poing fermé à la façon des marchands de caleçons. Je vis Pierre appuyer sur la sonnette. Je donnai mon adresse au chauffeur.

– Qu'est-ce qu'ils vont perdre leur temps et leur

argent, là-dedans, vos copains ? Vous avez vu les filles que c'est, dans ces machins ? dit-il en démarrant.

Pierre m'appela le lendemain au bureau, un peu avant midi. Il était encore chez lui. Sa secrétaire avait annulé ses rendez-vous du matin.

– T'as été con, t'aurais dû venir.

– C'est ça. Qu'est-ce que vous avez foutu là-bas ?

– Je ne vais pas te faire un dessin. Une bonne pipe pour quatre cents euros. Sans emmerder personne.

Effectivement. Il me demanda si j'avais des projets pour le soir. Je mentis :

– J'ai un dîner avec un auteur.

Un nuage de déception assombrit sa voix. Je ne m'en faisais pas pour Pierre. Il trouverait certainement quelqu'un pour lui tenir compagnie.

– Fais de beaux rêves, dit-il avant de raccrocher.

Je me suis rarement saoulé dans ma vie, mais chaque fois c'était avec lui. N'allez pas en tirer des conclusions hâtives. Est-ce qu'il est alcoolique ? Il tenait encore moins bien que moi, c'est dire. Dès le deuxième verre, c'était parti. Il buvait n'importe quoi, n'y connaissait rien, ne prétendait d'ailleurs pas le contraire. Un Clos du Marquis ou un cubitainer, pour lui, aucune différence. L'essentiel était de se bourrer la gueule. Cela me l'avait rendu sympathique. L'ivresse lui permettait de se défouler, lui autorisait tout ce qui lui était défendu durant la journée. À son agence, il passait son temps à acquiescer, à cirer les pompes, à discuter avec des annonceurs et des créatifs. Ne pas oublier que son job consistait à vendre des produits pour W-C. Bon, d'accord : *entre autres.* Il y avait aussi des serviettes hygiéniques et des déodorants. Il souriait à des cons. Il sautait dans des jets privés, conseillait de gros bonnets. Il s'attardait des heures entières à vanter ses succès en affaires, à détailler les épisodes de son enfance et les péripéties de ses mariages, sans jamais poser la moindre question à ses interlocuteurs. Il aimait l'argent, mais pas la façon qu'il avait de le gagner. S'il ne se détestait pas, il lui arrivait de se mépriser. Il fallait alors lui remonter le moral. C'était presque touchant. Il se laissait aller au sentiment, rappelait qu'adolescent il aurait voulu être dessinateur. Sa théorie là-dessus n'était pas inintéressante. Il avait un don, mais pas de talent. Ses dessins avaient quelque chose : seulement, n'importe qui aurait pu en être l'auteur. Le talent, c'était de ne ressembler à personne. Il y a eu certains soirs où j'ai bien senti qu'il n'aurait pas refusé d'être publié en album par la maison d'édition. J'appréhendais le moment où il irait chercher ses croquis. Cela ne se produisit jamais. Un peu de sérieux, Pierre, hein. Si on remettait ça ? Santé, Monsieur Vingt-Briques-par-mois. *Burp*.

Jusqu'à présent, l'idée de retracer l'histoire de sa vie ne m'avait jamais effleuré. Il faut se mettre à ma place, aussi. J'ai besoin d'un peu de recul. Les gens pensent souvent qu'ils portent en eux un sujet de roman. Ça n'est pas tout à fait exact : je crois plutôt qu'ils cachent un casier judiciaire, qu'ils ont plus ou moins commis tout un tas de menues saloperies dont ils voudraient surtout ne parler à personne. Je me disais : si j'écris un livre sur lui, je le brouille avec toutes les couches de la société pour le restant de ses jours. S'il fallait raconter sa vie, ça serait en italiques.

Je filai à Deauville pour rencontrer un scénariste américain dont les romans n'avaient jamais été traduits en français. Le festival du film rendait hommage à ce monsieur qui avait collaboré avec des gens comme Altman ou Kazan. On projetait l'intégrale des œuvres auxquelles il avait participé. Il avait connu Fitzgerald. William avait plus de quatre-vingts ans, d'épais cheveux d'un blanc éclatant, exactement le blanc qu'a la chair des tourteaux. La comparaison me vient à l'esprit parce que nous déjeunions d'un plateau de fruits de mer sur les planches. À côté de nous, les journalistes préféraient interviewer des starlettes qui avaient le jean savamment déchiré et des piercings sur les lèvres. Au Ciro's, le vieux scénariste gobait ses huîtres avec un hallucinant mélange de moutarde, de ketchup et de tabasco. Il réclama aussi du raifort, mais la maison ne disposait pas de ce condiment. Il avait des ongles trop longs, taillés en pointe, un peu gris. Au dessert, le marché fut conclu : William était d'accord pour que ses titres paraissent en France, chez nous. Une seule condition, il fallait les prendre tous. William fêta l'événement devant un calvados hors d'âge. Le soir, au Royal, il serait le seul à porter une cravate, avec son costume en seersucker.

Les garçons venaient le week-end rue Las-Cases. Il n'y avait pas de table. Nous pique-niquions par terre. Le lundi matin, je repliais le canapé-lit, mettais le linge au sale. Dans la poubelle s'entassaient les cartons vides de pizza.

D'eux, il ne me reste aucune photo. Je n'étais jamais dessus : c'était moi qui les prenais. Camille les a-t-elle gardées ? Ou bien a-t-elle déchiré les rares tirages où j'apparaissais ? Je suis parti de la rue Dupont-des-Loges les mains vides, à part une valise, quelques Pléiade, mes CD de Sinatra et cette toile de Jean Cortot que m'avait offerte Michel Déon pour mon quarantième anniversaire.

Quand je pense que j'étais allé à l'enterrement de sa première femme. L'église d'Auteuil était toujours aussi triste. Pour ce genre de messe, c'était parfait. J'étais à côté d'une milliardaire en larmes. Je ne me doutais pas que Margot avait autant d'amis. Mais Margot était spéciale. Les garçons étaient tous amoureux d'elle. Du moins, on disait ça à l'époque. Certains d'entre nous lui couraient après. Elle venait de divorcer d'un célèbre pilote automobile. Je l'avais connue bien avant Pierre, dans les années quatre-vingt, ces furieuses années quatre-vingt où nous sortions un peu tout le temps et où Paris avait un attrait qu'il a perdu depuis. Toutes ces soirées où nous nous retrouvions dans des bars d'hôtel. Patrick avait toujours un quart d'heure d'avance. Édouard ne voulait pas partir avant la fermeture. Christophe allait sans arrêt pisser. Puis Margot avait disparu de notre cercle. Je ne l'avais pas revue. Pierre m'apprit un jour qu'elle avait été sa femme et qu'ils avaient eu des enfants ensemble. Elle était tombée malade, une de ces saletés qui ne laissent guère d'issue, qui vont à toute allure, vous bouffent de l'intérieur.

Au début de la soirée, il avait observé un silence

inhabituel. Pierre m'annonça la nouvelle pour Margot dans une brasserie de l'avenue de la Grande-Armée. Sur la terrasse, les clients portaient la même tenue que les serveurs : noir sur noir, tee-shirt et costume anthracite. Pierre vida une bouteille de rosé à lui tout seul. Il mangeait son hamburger avec ses doigts.

– Apportez-nous une autre bouteille, ordonna-t-il au serveur d'un ton sec et désagréable.

Je vis le bellâtre en Armani tiquer et tourner les talons avec une moue excédée. Sur le bitume, les voitures roulaient au ralenti. À deux mètres de nous, un caniche capricieux poussait de petits aboiements de fausset.

– Oh, ta gueule ! fit Pierre.

Il goûta le vin, hocha la tête en guise d'assentiment et recommença à parler. Tous les après-midi, Pierre se rendait à Curie. Les médecins n'étaient pas optimistes. L'opération présentait trop de risques. Soudain, il se mit à pleurer. Je lui posai une main sur la cuisse pour tâcher de le réconforter. Pierre cacha sa figure dans ses mains. Les tables voisines nous observaient, étonnées. Scène de ménage entre pédés ? Certains détournaient les yeux. Le grondement de la circulation avait quelque chose d'étrangement apaisant. Pierre baissa la tête, se pinça le haut du nez.

– Pardon, j'ai l'air con, là.

– Non, vas-y, chiale un bon coup.

Il finit par sécher ses larmes, se resservit du listel.

– J'ai dû la baiser sur son lit d'hôpital, me dit-il avec son drôle de regard. Elle m'aura emmerdé jusqu'au bout, celle-là.

Il esquissa le geste d'attraper son portefeuille à l'intérieur de sa veste.

– Laisse, fis-je.

– Viens, on va se marrer, bordel.

Il marcha d'un pas vif jusqu'à une de ces rues qui font le tour de l'Étoile. Devant un bar à l'entrée duquel il était mentionné « Privé », il me tapa sur l'épaule.

– Viens avec moi, je te dis. On va se payer une pute.

Je secouai la tête. La perspective ne me disait rien.

– Si, viens. C'est marrant, je te dis. Et ça sera mieux qu'avec Camille.

Je refusai une nouvelle fois.

– T'es vraiment trop con.

Il sonna. Je le vis s'engouffrer dans un escalier tapissé d'ampoules rouges. Ces filles réussiraient à le consoler mieux que moi. Maintenant, il faisait une sorte de veuf.

Je le vis à l'œuvre. Pour ses cinquante-cinq ans, Pierre avait invité rue Théodule-Ribot quelques-uns de ses plus gros clients et il leur léchait le cul sans vergogne. Très en forme, ce vieux Maurin. Cette soirée lui coûtait la peau des fesses, mais il ne regretterait pas son investissement. De toute façon, la facture passerait sur la société. Il y avait beaucoup de monde, soixante personnes peut-être. Des accents de musique brésilienne flottaient dans le salon. Une créature en satin vert parlait de Lévi-Strauss à un patron de laboratoire pharmaceutique qui revenait de pêcher au gros à Cuba. Un mannequin russe disait que Zanzibar ça n'était plus ça. Elle penchait la tête avec une mine enjôleuse. Une minuscule Américaine en robe panthère esquissa un pas de danse. Des bougies brillaient un peu partout dans la pièce. Je promenai mon regard sur l'assistance. Les nouveaux arrivants étaient guidés par des extras vers la pièce du fond où avait été dressé un buffet croulant sous les spécialités exotiques. Le vin blanc n'était pas assez frais. Au mur était accrochée une toile représentant la moitié inférieure d'un visage masculin, la bouche ouverte en un éclat de rire. Pierre ne s'occupait pas beaucoup de moi et je ne connaissais pas grand monde. Je lui avais offert un porte-clés Hermès qu'il avait à peine regardé. Il l'avait glissé dans la poche de sa veste et aussitôt oublié.

Je notai sa tension aux plaques rouges qui marbraient son visage. Pour une fois, Pierre se tenait à carreau. Le risque était trop important. Il pérorait au milieu de types habillés de noir en carburant au Perrier. Il se tenait scandaleusement bien. « Point de Hongrie », l'entendis-je préciser à son vis-à-vis, une rousse qui travaillait pour un député centriste. Il parlait du parquet. Je contemplai à mes pieds les lattes en bois qui étaient disposées en V. Pierre s'était lancé dans une intense entreprise de séduction. Les serveurs passaient de groupe en groupe avec la fébrilité de gouttes d'huile sur une plaque chauffante. Je me réfugiai dans la cuisine. Un petit téléviseur à écran plat posé sur le plan de travail était allumé sans le son. MTV diffusait des clips de rap. Dans un carton s'entassaient des bouteilles de champagne vides. Un éditorialiste d'une chaîne parlementaire s'agrippait à son jus d'orange. Il encensait un film allemand devant un avocat dont la presse venait de faire le portrait à cause de sa participation à une affaire de plagiat musical. Le journaliste me gratifia d'un sourire incertain. *On se connaît ?* Une brune en tablier se fraya un chemin avec un plateau d'amuse-gueules. Je me remplis un verre d'eau au robinet. Quelque part, un chiot aboyait, dehors. Cette compagnie douteuse m'assommait. Des patrons de presse, des responsables de produit, *des annonceurs*. Je jetai un œil par la fenêtre. Le chien, un jeune labrador, était enfermé sur un balcon, de l'autre côté de la rue. Je n'avais pas assez bu. Je pris la fuite au moment du gâteau, un énorme fondant au chocolat. En chemin, je faillis entrer en collision avec un mauvais acteur chauve qui s'était spécialisé dans les spots pour fromages frais. Qu'est-ce que c'était le slogan, déjà ? Je ne vis aucune raison de dire au revoir. Du couloir, j'entendis la voix de Pierre. Elle assurait, devinez quoi : « Je ne m'investis pas dans l'oralité. » Sur le palier me parvinrent les échos de « Happy Birthday To You ». Ils chantaient en anglais, ces cons-là. Adios.

La lumière était douce et bleue. Le front appuyé contre la vitre arrière, je dis au taxi de rouler dans la nuit.

Je ne voudrais pas avoir l'air de comparer mes divorces, mais le premier s'était déroulé sans encombre. Un seul avocat, deux rendez-vous chez le juge, en six mois l'affaire était bouclée. Il n'y avait pas d'enfant, non plus. Cela facilite la procédure. Jamais revu Emma. Jamais compris pourquoi elle avait insisté pour se marier. Elle doit toujours avoir sa librairie d'anciens dans le dix-septième. Il faudrait que je consulte les pages jaunes. Une femme, quand ça n'est plus votre femme, elle se perd dans la vie urbaine.

On ne peut pas dire qu'il y ait eu de drame, avec Camille. Simplement, elle a fait des histoires, comme d'habitude. Elle a changé d'avis, freiné des quatre fers, voulu corriger le projet de convention, refusé de serrer la main de l'avocat. Torts réciproques, consentement mutuel, la vieille quincaillerie de la mémoire partagée. Au Palais de justice, elle est arrivée en retard, accompagnée de la fille d'un ancien ministre socialiste. Ses parents s'étant séparés quand elle avait quatre ans, sa hantise était d'imiter leur exemple. Alors, elle repoussait l'échéance. Comme un con, je lui ai promis que si les choses se déroulaient convenablement, je lui offrirais un sac Kelly. Elle l'attend toujours. Il y a des limites, quand même.

J'aurais aimé pouvoir parler de semaines de crucifixion. Ça ne serait pas tout à fait la vérité. Je me répétais sans cesse : les choses vont changer, le temps va passer, je vais redevenir celui d'avant. Pour régler les honoraires de l'avocat, j'avais revendu mon assurance vie. Le peu d'économies que j'avais fondait comme neige au soleil. Tout le monde me prédisait que les impôts n'allaient pas me rater.

J'ai bien aimé la rue Las-Cases. Cet enterrement de vie de marié n'avait pas que des inconvénients : plus d'horaires, en particulier.

Nous étions deux esseulés plus ou moins divorcés. Rien de glorieux. Il me téléphonait entre sept et huit. Il voulait passer.

– Allez, passe.

La vie commençait à vingt heures trente. Le vin blanc était au frais. C'était le moment des préparatifs, entre l'agitation de la journée et la frénésie de la soirée, cette impression que quelque chose de merveilleux allait se produire avec la nuit. C'était à chaque fois comme un petit miracle. La ville était soudain pleine de promesses et d'imprévu. On sonnait. Pierre était là. Sa silhouette se découpait sur le palier. Quand on lui ouvrait la porte, il souriait comme un comédien sur scène qui en est à son troisième rappel. Fébrile et enjoué, il chassait la monotonie de la maison. Il arrivait toujours les mains vides. Être plein aux as ne l'empêchait pas d'être radin. Du temps de Camille, il n'a pas débarqué une seule fois chez nous avec un bouquet, une bouteille ou quoi que ce soit. Sa descente était prodigieuse. Camille avait cette formule pour définir son éthylisme : « Pierre, il mange liquide. » Sa première femme se plaignait des états dans lesquels ses enfants le retrouvaient un week-end sur deux.

– Tout Paris dit que tu es ivre-mort à huit heures du soir.

– Faux, lui répondait-il : à six heures !

Son rire sonore emplissait la pièce. Dans le canapé, il buvait une gorgée de sancerre, consultait son portable toutes les cinq minutes, traitait son frère de tous les noms. Je campais un peu, dans cet endroit. En gros, il n'y avait qu'un canapé-lit et une télévision. Lorsque les enfants venaient, on se débrouillait. Pierre allumait cigarette sur cigarette. Il adorait parler de lui. Ses séances chez son analyste ne lui suffisaient pas. Il en avait usé plusieurs. L'un d'eux portait des chaussettes avec des dessins de Mickey. Il ne l'avait plus revu.

– Cette conne de Michèle. Il fallait que je la baise tous les matins parce que son médecin lui avait dit que c'était le meilleur moment. Tu sais ce que c'est d'avoir l'impression d'être le taureau qui va à la vache ?

Il ressassait ses histoires de bonnes femmes. Personnellement, je n'avais pas tellement envie de parler de Camille. Il s'en chargeait pour deux.

– Elle va te faire chier. Tu n'as pas fini. Telle que je la connais, je peux te dire qu'elle va te faire chier. D'ailleurs, je me suis toujours demandé comment tu avais pu rester aussi longtemps avec une emmerdeuse pareille. Surtout, elle est encore plus conne que mon ex-femme.

Je l'arrêtai net. À part moi, personne n'avait le droit de dire du mal de Camille, et c'était un privilège dont je n'abusais guère.

– Elle habite toujours à Dupont-des-Loges ? Dis, tu n'as rien d'autre comme musique ?

Je n'avais qu'une antique radio CD qui diffusait une compilation de Nino Ferrer. Le soir, j'écoutais en boucle la chanson qui s'appelle *Laurence*. Je fouillai dans la pile de compacts. Pierre choisit les Rolling Stones. De la rue Dupont-des-Loges, j'avais récupéré *Black and Blue*. Les haut-parleurs diffusèrent *Melody*. J'avais dû entendre ce morceau des milliards de fois. Il réussissait encore à m'émouvoir. J'étais un peu fragile aussi, au début de la rue Las-Cases. Camille et moi y avions logé quelques mois avant de nous marier. C'est dans ce rez-de-chaussée que j'ai annoncé à mes parents qu'ils allaient avoir un petit-fils. Pourquoi avais-je dit « petit-fils » ? Nous ne savions pas si ce serait une fille ou un garçon. À l'échographie, le médecin avait eu l'interdiction absolue de nous dire ce que c'était. Oscar et Hector, que fabriquaient-ils à l'heure qu'il était ? Je n'aurais pas été très fier qu'ils découvrent leur père en train de boire du vin blanc avec Pierre Maurin. Ils ne l'aimaient pas. Ils l'avaient vu souvent débarquer saoul à la maison. Les enfants détestent ce genre de choses. Avec Pierre, rue Dupont-des-Loges, un soir que

Camille était sortie de son côté, nous avons pris une cuite terrible à la vodka. J'avais été malade comme ça n'est pas permis, même pas pu aller jusqu'à la salle de bains pour vomir. Jamais pu retoucher à une goutte de Wyborowa depuis.

– Un de mes grands regrets, dit-il d'un ton solennel, c'est que, quand on habitait à côté, on n'ait pas pris un peu de temps pour baiser avec la femme de l'autre.

– Ah ouais ?

Je ne voulais pas être désagréable : Michèle n'était pas du tout mon genre. Et puis, ces fantaisies à la Houellebecq, très peu pour moi. Merci, mais non, je n'avais pas eu envie qu'il baise Camille. Pardon d'être aussi classique.

– Et si, ajouta-t-il avec ses airs innocents, roublards, faisandés, elles étaient maintenant en train de raconter à leurs nouveaux mecs quels mauvais amants nous étions ?

Je ne sais pas au juste pourquoi, mais il me semble bien que, comme voisines, nos épouses respectives ne pouvaient pas se souffrir. Qu'aujourd'hui elles soient devenues amies aurait été une bizarrerie. Pierre me regarda comme si je devais être aussi étonné que lui d'en être arrivé là.

Soudain il eut faim. Il referma son portable d'un coup sec.

– Tu sais que je ne m'investis pas dans l'oralité,

mais qu'est-ce qu'il y a comme restaurant, dans le coin ?

Je réservai chez Tante Marguerite. À une table ronde, il y avait un producteur de cinéma qui se pendrait dans ses bureaux quelques semaines plus tard. Pierre m'invita. Ce détail ne trompait pas : il n'allait pas bien.

Sur le trottoir, il héla un taxi en maraude. Lorsqu'il grimpa à l'arrière, je l'entendis dire au chauffeur :

– Rue Thérèse.

À part le club échangiste Les Chandelles, il n'y avait aucun endroit où aller, rue Thérèse. Pourquoi ne m'avait-il pas proposé de l'accompagner ? C'était d'un vexant.

Bizarrement, Camille ne me manquait pas. Nous nous étions éloignés ; nous existions en parallèle. Nous nous étions appris par cœur. C'était trop. Plus rien à découvrir, plus rien à espérer. Représailles immédiates. Les qualités avaient épuisé leur crédit. Les défauts de l'un n'avaient plus de secrets pour l'autre. Lourd passif. Nous n'étions même plus capables de nous décevoir. Nous n'avions pas eu le temps de nous haïr pour de bon. Je ne lui demandais pas tant que ça, pourtant : qu'elle m'apporte la paix, l'intelligence, la beauté. Sans doute a-t-elle eu du mérite à me supporter aussi longtemps. Notre histoire avait fini par ressembler à une poubelle remplie de fœtus en état de décomposition avancée. Chacun connaissait le pire de l'autre, ces sales secrets qu'on ne devrait partager avec personne. Ce savoir qui nous avait unis était ce qui nous séparait. Il n'y avait plus moyen de vivre avec cet amour mort entre nous, comme le cadavre blafard d'un enfant noyé. J'étais souvent tenté de réviser à la baisse les sentiments que j'avais éprouvés pour Camille. Ç'aurait été maquiller la réalité.

À partir de quand n'avons-nous plus porté d'alliance ? Je crois qu'elle a ôté la sienne en premier, même si, aujourd'hui, je ne sais pas où j'ai bien pu fourrer la mienne. Entre nous, il n'était plus question d'amour ou de sentiments, mais d'incapacité à rester ensemble dans la même pièce. Deux blocs d'hostilité et d'incompréhension. On n'avait plus que le silence à affronter. Je repensais à la phrase de Norman Mailer : « Vous ne connaissez vraiment une femme que quand vous l'avez vue au tribunal. » Corollaire : « Vous ne connaissez vraiment un ami que lorsqu'il a couché avec votre femme. » Mais on survivrait, n'est-ce pas, on survivrait. C'était l'habituelle petite catastrophe, quand votre femme ne désire plus qu'une chose : vous enterrer vivant. Elle pensait que je l'avais trompée à longueur de journée ou quoi ?

Ça n'était pas le cas, et pourtant rien ne pourrait redevenir comme avant. Nous avions commencé à voir toute chose sous un jour différent. Mieux valait tourner la page, éviter trop de dommages collatéraux. Dans la mesure du possible, on avait échappé au bain de sang. Nous avions élevé notre mur de Berlin. Bientôt, nous parlerions des langues étrangères. Nous étions en train d'oublier les saisons de notre amour comme on disperse des cendres en pleine nature. Pitié, mon dieu. Assez de bagarres, de sauts à l'élastique. Assez de serments chiffonnés. Voilà où on en était arrivé. On avait touché le fond. Notre couple était un monde perdu. Cela n'avait pas vraiment fini en beauté. Je ne remarquais même plus à quel point elle était séduisante. C'était le genre de réaction qui s'estompait avec le temps. Certes, il y avait encore de bons moments, mais seulement quand on avait du monde à la maison ou que nous étions invités chez les autres. On fuyait comme la peste les soirées en tête à tête. Camille disait toujours que tous ces livres que j'avais lus, ces films que j'avais vus et revus ne m'avaient rien appris. Au fond, j'étais assez d'accord avec ça.

Je trouvais la séparation d'une déchirante douceur. J'avais l'impression d'être victime de décalage horaire sans avoir quitté Paris. Ça m'était égal de vivre à mon âge dans un appartement trop petit. Ça m'était égal de n'avaler que des plats froids. Ça m'était égal de n'avoir qu'une antique télévision sans le câble. Ça m'était égal de sentir l'odeur de l'échec et du regret. Ça m'était égal de rester couché dans le noir à écouter les bruits de la circulation. Je souriais dans l'obscurité. Il y avait comme une sorte de soulagement. Le plus difficile, c'était l'absence des enfants. Eux étaient les vrais perdants. L'enfance est une espèce en voie de disparition. Ils savaient désormais que le monde était quelque chose d'effrayant. Si jeunes, si tôt. L'avenir avec ses relents de toundra brûlée. Moi, ça m'avait pris plus de vingt ans pour le découvrir. Désolé, les gars, on ne pouvait pas faire autrement. Leur vie n'aurait plus jamais le même goût. Quel que soit le chaos où ils seraient plongés, et malgré leurs illusions en charpie, je tâcherais de leur apporter la confiance, des points de repère, le respect de la parole donnée.

Auparavant, je vivais dans une maison pleine de monde. Maintenant, je vis en exil de moi-même. Où sont passés mes fils ? Les heures s'étirent interminablement. Rue Las-Cases, il n'y a plus de bruit, de disputes. Adieu les repas à heures fixes, les petits déjeuners en bâillant, les douches à tour de rôle. Les soirées me semblent une banquise. Je manque de cris, de cavalcades, de coups de poing, tout ce mirobolant bordel. Il n'y a plus d'Hector.

Il n'y a plus d'Oscar. Je suis vide. Ne s'étendent devant moi que des journées sans eux, des semaines trouées de silence. Il ne me reste que ces deux pièces où ils n'ont jamais vraiment habité, où ils n'habiteront jamais vraiment. J'erre de l'une à l'autre – « j'erre » : à m'entendre, on dirait que c'est Versailles ! – comme un roi déchu, un prince bafoué. Je tends les bras. Rien ne bouge. Le temps ne démarre plus, immobile comme une voiture dont on n'aurait pas débloqué le frein à main. Il y avait des jours où je voulais prendre le prochain avion pour n'importe où, me répétant que la vie était un bordel désolant. Je pensai : « J'irai en Afrique du Sud et j'y vivrai avec de faux papiers. »

Vieux souvenirs, nuits désertiques, sans sommeil, à fixer dans l'obscurité le lecteur de DVD avec son petit œil vert qui ne se fermait jamais. Le matin, le miroir me renvoyait un visage incertain. Je me nourrissais de sandwichs, debout dans la cuisine, ou prenais mes repas dehors. À force, je dégrafai d'un cran ma ceinture. Au téléphone, d'une voix pleine de mépris, Camille m'apprit qu'Hector l'avait remarqué. L'œil qu'ils ont, à cet âge. À partir de demain, régime. Et puis le soir tombe, et vous êtes seul, et vous êtes prêt à sortir avec n'importe qui, à ne pas refermer la porte tout de suite. C'est comme ça que j'avais un peu trop vu Pierre Maurin. On ne pouvait pas appeler ça un ami, non. Il était disponible, imprévu, égocentrique et mal élevé. Il y a des périodes où tout cela ne compte pas, où l'on n'est pas très exigeant sur ses fréquentations. On baisse le curseur. Pas de quoi se vanter.

Les vacances, heureusement. Ils voulaient du bonheur, des parents unis. Je ne pouvais pas leur restituer ça. À la place, je leur offrais la terre. Il fallait leur changer un peu les idées. Je les emmenai en Irlande, en Bretagne, dans les Pyrénées, à New York. À Locquirec, ils s'entraînèrent à barrer un catamaran. À Saint-Lary, ils obtinrent leur troisième étoile. À Tynagh, ils montèrent à cheval chez Michel Déon. À Manhattan, l'hiver était immense. Au Parker Méridien, la chambre donnait sur Central Park. On ne pouvait pas ouvrir la fenêtre. Le métro et les bus étaient en grève. Les taxis étaient pris d'assaut. Ils les trouvèrent dégueulasses. Nous fîmes presque tout à pied. Le Guggenheim était en travaux. Au MOMA, ils haussèrent les épaules devant *Christina's world* d'Andrew Wyeth. Ils se précipitèrent pour photographier l'hélicoptère pendu au plafond. Le jetlag nous réveillait aux aurores et nous descendions pour le petit déjeuner dans un *delicatessen* de la Septième Avenue. Ils virent Ground Zero en chantier. Dans le cinéma à côté de l'hôtel, on projetait un film consacré à Truman Capote. Je les abandonnai un jour pour aller à la séance de dix-huit heures. Chez Smith & Wollensky, ils n'arrivèrent pas à finir leur steak. Je les étourdissais de voyages et d'activités. C'était déjà ça. Le reste du temps, leurs notes se ressentaient du tumulte ambiant. Personne ne les avait prévenus.

Quand même, comme humiliation, ça se posait un peu là. Et pourtant, dans ce domaine je m'y connais : je suis provincial, j'ai été pensionnaire, je travaille dans l'édition, j'ai divorcé, c'est dire si vous ne pouvez rien m'apprendre en matière d'humiliation. J'ai été habitué aux nids-de-poule de l'existence. Comme me le serine un de mes amis – un de ceux qui n'a encore couché avec aucune de mes ex femmes –, « la vie est dure, mais jamais ennuyeuse ». Avant, les gens me disaient que Camille était avec un dentiste. On les voyait à la Closerie des Lilas, dans les bistrots de la rue Guisarde. Je m'en foutais : je ne le connaissais pas. L'idée d'écarter les cuisses pour un type devant lequel on était déjà obligé d'ouvrir la bouche avait juste quelque chose de redondant. Heureusement, Camille n'arrêtait pas de me bombarder de textos incendiaires. Cela maintenait des liens. Je me gardais bien de répondre, même si ça n'était pas l'envie qui me manquait. C'était comme si désormais elle n'existait plus que derrière mon dos. Je ne sais plus ce qui la fait rire. Je ne sais plus ce qui la fait pleurer. Entre nous, plus que du froid, que du givre. C'était curieux, cette femme avec laquelle vous pensiez avoir partagé tant de choses essentielles et qui ne donnait plus signe de vie que pour les factures. Allez expliquer ça aux enfants, que pour un homme, le divorce c'est comme les anciennes colonies avec la métropole : on vous crache dessus, mais on continue à vous réclamer de l'argent.

17 : 57 J'oubliais : Oscar est en train de t'adorer. Il a dix ans, tu sais. Hector t'aime déjà à ta mesure.

En août dernier, Camille les avait emmenés à Saint-Jean-de-Luz. Ça n'était pas dans ses habitudes, mais Hector et Oscar me dirent qu'elle avait loué une maison avec cinq chambres, ce qui me semblait un peu grand pour eux. Je les appelais chaque soir sur leur portable. Je leur demandais s'ils avaient vu Pierre, dont je me souvenais qu'il descendait souvent sur la côte basque en été. Non, non, non : leur petit ton embarrassé, subitement.

Aujourd'hui, je sais : la villa avait été louée par ce dernier et mes fils n'avaient pas le droit de m'en parler. *Bien, très bien, tout ça.*

Il n'y a pas de dénouement possible. Les garçons me considèrent désormais comme si j'étais une créature bizarre, inédite, une contrefaçon de père, un papa en RTT, nouveau, bancal, incomplet. Pour eux, je ne serais plus que la moitié de quelque chose qu'ils avaient définitivement perdu. Avant, j'étais là. Ils pouvaient se lever la nuit et venir me réveiller. Le soir, ils savaient que j'étais dans le salon en train de regarder un film ou de lire sur le canapé. Ils étaient chez eux. Ils disaient « la maison ». Maintenant je les entends avec leurs copains au téléphone. Ils disent « chez mon père », « chez ma mère », ne prononcent jamais les mots « chez moi ». Partout, ils sont en stand-by. Et je ne peux même pas leur assurer que le changement sera provisoire. Si un jour ils me demandent : « Est-ce que tu penses que nous aurions pu avoir une vie différente ? », je ne sais pas ce que je leur répondrai. On a divorcé avec talent, Camille et moi. La suite a été moins réussie.

Ils vont grandir, d'autres femmes vont partir, d'autres couples se former. La vie remportera parfois de petites victoires. Le bonheur prendra une tournure spéciale, assourdie.

Sans eux, je me sens amputé, handicapé, isolé comme un sourd. L'avenir. La famille. Les sorties d'école. Les vacances ensemble. Les déjeuners de Noël. *Pof.* Terminé. Tout ça, c'est de l'histoire ancienne. Mort et enterré. Foutu. L'amour ne fait pas de prisonniers. Cinq jours sur sept, je ne sais pas où ils sont, je ne sais pas ce qu'ils font. Les imaginer chez ce saumâtre me tord le ventre. Je savais bien que je n'allais plus les voir tous les jours, mais j'ignorais que ça me ferait cet effet-là. Mon appartement est vide, trop calme. Il manque les cris, les disputes, les affaires qui traînent n'importe où, les cuillères pleines de yaourt abandonnées dans l'évier, la chasse d'eau mal tirée, les serviettes roulées en boule par terre dans la salle de bains. J'ai envie de rappeler le juge aux affaires matrimoniales, de lui dire : « Hé, dites, je n'ai pas signé un papier pour que mes enfants soient élevés par un type qui se tape des putes à longueur de semaine. »

Le divorce de Pierre avait été prononcé. Une soirée rue Théodule-Ribot signala l'événement. À l'entrée, un serveur en gilet obligeait les invités à boire cul sec deux verres de gin. Pierre circulait de groupe en groupe en claironnant qu'il enterrait sa vie de marié. Michèle n'avait pas réclamé grand-chose. Pierre s'en tirait toujours bien avec les pensions alimentaires. Il se vantait de ça. Ses amis avocats le conseillaient efficacement. Il me présenta à une bringue brune qui avait du poil sur les bras. Il m'avait annoncé une splendeur. J'étais déçu, mais n'en laissai rien paraître. Les fêtes chez Pierre étaient toujours assez ennuyeuses. C'était bizarre, en tête à tête il était un véritable boute-en-train. Dès qu'il y avait du monde, il était coincé, inquiet. Camille disait que c'était ses origines petites-bourgeoises. « Pierre ? Il vient de rien. » Ça, elle n'hésitait pas à traiter les gens de ploucs. À part elle, la Terre n'était peuplée que de beaufs. Tiens, il ne l'avait pas invitée. Intérieurement, je l'en remerciai. Il n'aurait plus manqué que ça. Entre copains, on ne se fait pas ces coups-là. Il faut choisir son camp. Démolir Camille était un des sports favoris de Pierre et je devais modérer ses ardeurs dans ce domaine. Visiblement, il avait pris de l'avance sur nous tous. Quand il avait bu, son tic à la joue le trahissait. Sa peau tremblait comme un sismographe. Il éclata de rire sans raison. Je discutai avec une blonde qui avait terminé un roman. J'avais beau lui démontrer par A plus B que je ne publiais que des auteurs étrangers, elle n'en démordait pas. Elle ne me lâchait plus. Pierre lui avait beaucoup parlé de moi. J'étais la personne qu'il lui fallait. Je la plantai là, descendis sans dire au revoir à personne. Boulevard de Courcelles, un taxi était en maraude. Je lui fis signe. À un arrêt de bus, une pute patientait en se vernissant les ongles.

Il faut dire à la décharge de Pierre que, lorsque Margot commença à avoir ses problèmes de santé, il arrêta plus ou moins de boire.

– Où sont tes enfants ? lui demandai-je.

– Chez leur grand-mère. Enfin, chez la mère de Margot.

– Et Margot ?

– Là-bas aussi. Pour l'instant. Elle n'a pas voulu rester à l'hosto.

– Tu veux que j'aille la voir ?

– Elle ne préfère pas. Je lui dirai que tu l'embrasses.

Il se redressa et lissa ses cheveux des deux mains.

On a parlé à bâtons rompus, ce soir-là. On avait sûrement de bonnes blagues à se raconter, des trucs sans doute plutôt misogynes qui sont le triste apanage des hommes entre eux, des anecdotes qui me font rétrospectivement froid dans le dos. Je n'aurais pas dû négliger le fait que je perdais mon temps avec *un publicitaire*. Heureusement que je lui ai accordé assez peu de ma confiance. Quelque chose me retenait de le faire. Les putes et les cuites, ça allait un moment. Il avait décidé d'attraper la cirrhose, de choper la vérole ou quoi ? Il aimait à répéter que les femmes étaient « casse-couilles », mais il est vrai que son frère entrait aussi dans cette catégorie. Nous ne sommes pas devenus transparents l'un pour l'autre. Je l'avais vu vomir, je l'avais vu pleurer : nous n'avions rien en commun. De moi, il ne sait pas grand-chose, à part ce que lui aura appris Camille. J'espère seulement qu'elle aura tenu sa langue. Moi, je ne parle d'elle avec personne. Parfois je me demande si elle a vraiment existé. Il faut les enfants pour que je mesure la place qu'elle a occupée dans mon curriculum vitae

13 : 42 Ça commence à faire l'unanimité : tu es quelqu'un de bien. Un vieil éditeur prometteur. Gallimard rigole. Flammarion dit que t'as une sale tête. Les gens tombent par terre et te voient très mal finir tes jours. Ah ah ah, vous ne savez pas la meilleure... Quand on parle de toi, ça commence comme ça. Mon pauvre vieux.

Un dimanche matin, j'ai aperçu Camille à la terrasse des Deux-Magots. Elle a fait semblant de ne pas me voir, alors je suis passé devant elle sans m'arrêter. Paris était une ville trop petite pour nous deux. Elle avait changé. Ça ne faisait pas de doute, elle avait changé. Elle devait aimer les films de Christophe Honoré et les livres de Christine Angot. La nostalgie, mes fesses. Dire qu'à une époque j'avais adoré son nombril en forme de bouton de sonnette. Je m'assis au Bonaparte et lus les journaux anglais avec leurs suppléments. L'après-midi, je regardai des films en DVD. Au début du *Mépris*, on distinguait la trace de l'élastique sur les fesses de Bardot. Elle venait juste d'enlever sa culotte avant la prise. Dans *Basic Instinct*, Sharon Stone avait un rond de vaccin sur l'épaule. Le soir, je faillis dîner chez Lipp. Il aurait fallu téléphoner. Ça devait être bondé. Et puis tout seul, j'aurais eu l'air de quoi ? J'ouvris une boîte de thon que j'avalai en regardant les actualités sur M6. J'achevais une bouteille de chablis qui restait dans le frigo. Je buvais trop. « La réalité n'est qu'une illusion créée par l'absence d'alcool. » Est-ce que c'était Platon qui avait dit ça ? Mais peut-être que c'était les Beatles, hein. Pas de nouvelles de Pierre. Son portable était sur la messagerie. Il devait être en week-end chez sa sœur, au Mans. Parfois, je regrettais ce petit pubard de merde.

11 : 13 Je vais finir par raconter à tout Paris ce que tu fais vivre à nos enfants. Les gens rigolent, tu sais. Le milieu se tape les côtes. Bye, vieux !

Vous me direz, qu'est-ce que je foutais avec lui ? Pierre me changeait les idées. J'en avais besoin. Chaque jour, en fin d'après-midi, ma mère et moi allions voir mon père à Pompidou, hôpital dont, contrairement à l'opinion largement répandue, je ne trouvais pas qu'il ressemblait à un aéroport, mais plutôt à une de ces gigantesques stations-service d'autoroute où il n'y aurait eu aucune marchandise. Il était dans le service Pneumologie. Soins intensifs. Ascenseur B, 4e étage. Nous ralentissions toujours le pas en entrant dans sa chambre. Ils le maintenaient en coma artificiel. Une énorme machine à pistons respirait à sa place. Son lit était relevé, l'obligeant à rester presque assis. Il y avait des tuyaux partout. Ses yeux étaient clos. Des cernes sombres s'étaient dessinés sous ses paupières. Ma mère lui tamponnait le front avec un mouchoir en papier. Aucune réaction. Il y avait de petites crevasses grises aux commissures de ses lèvres. Le personnel médical nous certifiait qu'il fallait lui parler, qu'il comprenait ce qu'on lui disait. Ses bras avaient démesurément gonflé. « On dirait Popeye », constatait ma sœur. Nous nous sentions impuissants, désemparés, inutiles. Nous nous passions le relais. La relève de la garde. On n'avait pas le droit d'être plus de deux dans la chambre. Il n'y avait même pas de salle de bains, de ces cabinets de toilette qu'ils ont dans les hôpitaux avec le sol caoutchouté et des barres en métal vissées aux murs de la douche. Le message était clair : plus besoin.

Dans le couloir trônait un chariot métallique sur lequel était scotchée l'étiquette « Kit de décès ».

16 : 44 Cher ancien (mari), c'est bientôt l'anniversaire de mon fils. Il souhaite nous réunir à cette occasion. Nous pourrions lui faire souffler les bougies chez toi. Un non lui ferait du mal. Loin de toi cette intention, bien sûr. Au 18 donc, old chap.

D'une certaine manière, le coup de fil que je reçus de Pierre, ce soir-là, tombait à pic. J'avais eu tort de faire la sieste et, quand je me réveillai, il me sembla que l'après-midi touchait à sa fin. Il me fallut plusieurs minutes pour faire le tri entre rêves, souvenirs et réalité. J'étais en nage. Mal à la tête. Dans la salle de bains, il n'y avait plus d'aspirine. Je bus de l'eau directement au robinet du lavabo. Elle avait un goût de désinfectant. Envie de pisser. Il faudra penser à se recoiffer avant de sortir. Je me brossai les dents comme un forcené jusqu'à avoir les gencives en sang. Le téléphone, là-dessus.

Nous sommes au restaurant. À quoi aurais-je passé le plus de temps dans ma vie, à lire, à aller au restaurant ou au cinéma ? Pierre a devant lui sa salade de crevettes. Il n'a pas voulu de rosé. À la place, il a pris un bloody mary. Je découpe mon carpaccio – un chouïa trop glacée, la viande. Pierre boit une troisième gorgée de vodka-jus de tomate. Les crevettes sont posées sur une épaisse mayonnaise couleur saumon. Il repousse son assiette.

– Tu veux mes crevettes ?

– Non merci.

Il finit son verre, en réclame un autre.

– Tu sais ce que j'ai fait hier soir ?

Je secoue la tête de droite à gauche.

– J'ai appelé ma secrétaire et je lui ai demandé si elle était d'accord pour coucher avec moi.

– Ça ne va pas bien. Et elle a dit oui ?

– Bien sûr que non. Attends : après, je lui ai proposé trois mille euros pour venir se faire sauter chez moi.

– Tu te fous de moi ?

– Je te jure. Au début, elle a minaudé, elle a fait son effarouchée. Et patati et patata. Et je ne peux pas faire ça, et on travaille ensemble, et ça va être compliqué… Je ne lui demandais pas le mariage, à cette connasse.

– Quel salaud. C'est dégueulasse. Pauvre fille, c'est ton employée. Elle est bien, au moins ?

– Ah ouais, ça, canon ! Elle est venue, figure-toi. Elle a eu ses trois mille euros et je l'ai baisée.

Il a son rire tonitruant.

– Je lui ai fait un chèque. Et tu sais quoi ? Elle l'a déjà encaissé.

– Et aujourd'hui, quelle tête elle faisait ?

– Normale. Elle a tapé les lettres que je lui ai dictées.

– Elle était comment ?

– Oh, très « Il ne s'est rien passé entre nous ». Cette nuit, je vais la rappeler et lui demander de remettre ça pour pas un rond.

Il attrape une crevette entre le pouce et l'index, la barbouille de sauce et croque dedans avec une moue de dégoût.

– Avec du fric, sexuellement, tu peux faire ce que tu veux. L'argent sert à ça, à savoir qui on est. Toi, tu ne peux pas savoir : tu n'en as pas. Mais moi, je sais : je suis un mec qui aime les putes. Je me marie, je fais des enfants. Mais pour le reste, je vais voir les putes. Il n'y a qu'avec elles que je m'éclate vraiment. C'est comme ça et je vous emmerde tous. Je suis fasciné par la facilité avec laquelle les femmes sont prêtes à vendre leur âme.

– Leur cul, tu veux dire.

– C'est pareil.

La discussion s'égare. La serveuse débarrasse nos assiettes. Elle s'éloigne en trébuchant sur ses hauts talons. Sa jupe de cuir entrave ses mouvements. Un ange passe. Pierre se dévisse le cou pour regarder où elle va.

– Tu vas choper un torticolis, lui dis-je.

Il recommence à rire. La serveuse revient avec la carte.

– Pas de dessert ?

Pierre lui adresse un petit signe de dénégation.

– Vous n'avez pas été Miss Trouville 2001 ?

La fille ouvre de grands yeux. Elle a l'habitude d'être draguée par les clients à carte Gold. Pierre soupire.

– Ça ne fait rien. Deux cafés. Et l'addition.

– Comment vont tes enfants ?

– Ne m'en parle pas. Étienne me ruine avec son pensionnat et Juliette s'est dégotté un petit copain qui a un anneau dans le nez.

09 : 46 Dear VERY OLD *chap, tu récupères mes fils le 2 après le collège pr w-e.* VERY OLD CHAP. *Au revoir.*

Qui le rasait ? Sa barbe était à peine naissante, quelques poils gris qui devaient piquer quand on l'embrassait. Mais plus personne n'osait l'embrasser. Il était inconscient, englouti par des engins sophistiqués dans un sommeil préfabriqué, retranché dans un monde impénétrable, percé de tuyaux comme la façade de Beaubourg. Ses oreillers le maintenaient à angle droit, la tête basculée sur le côté. Il avait sérieusement maigri, s'était mis à ressembler à sa mère, ce nez en lame de couteau, ces pommettes pointues. La machine qui suppléait sa respiration défaillante avait un souffle de monstre assoupi. Ses mains étaient posées à plat sur le drap, ces mains jadis faites pour attraper des ballons de rugby ou tirer à la 22 long rifle. Maigres, froissées, translucides, elles ne ressemblaient plus à rien. Je revoyais son visage plus jeune, ses cheveux bruns. Je le revoyais plongeant dans la Méditerranée des années soixante, tirant sur la ficelle d'un hors-bord Evinrude, chargeant son fusil à air comprimé. Pourquoi ces souvenirs de vacances, ces images d'été ? L'enfance me remontait à la gorge, comme un sanglot retenu. Je ne voulais pas pleurer devant ma mère. Nous entrions dans la chambre à tour de rôle. On se relayait en silence, dans cette ambiance de sous-marin endormi. Ma sœur était là aussi. Mes frères apparaissaient. Au fond de quelles ténèbres était-il noyé ? Aucun d'entre nous n'avait prévu d'être un jour orphelin.

Qu'est-ce qui lui prenait ? Camille voulait déjeuner avec moi. Elle évoqua le Grand Véfour, où nous avions fêté ses anniversaires. Je refusai. Elle insista. Je redis non. Elle me raccrocha au nez. Je restai debout au bord du trottoir, mon portable à la main. Pourquoi avais-je fait cela ? Qu'est-ce que cela coûtait ? Ce n'était qu'un déjeuner. Nous aurions choisi la table en coin, celle de Colette, ou de Cocteau, je ne me souvenais jamais. Camille aurait plaisanté avec le maître d'hôtel qui avait cette voix merveilleusement grave. Le chef serait venu nous saluer dans son tablier blanc. Il aurait parlé des Rolling Stones dont il connaissait le répertoire par cœur. Il aurait fallu l'informer que nous étions séparés. Le sommelier nous aurait apporté un Vieux Télégraphe blanc. À quoi aurions-nous pu trinquer ? Mais non, cela ne tenait pas debout. J'avais eu raison. Avec Camille, désormais, je craignais toujours le désastre. J'entrai dans un café de la rue de Grenelle et commandai une pression que je vidai d'un trait. J'en réclamai une autre. La patronne était obèse, en nage. De vastes auréoles humides garnissaient ses aisselles. L'odeur de sueur traversait le comptoir. Je pris la fuite sans finir mon verre.

Dans des bacs devant la librairie Gallimard, je rachetai de vieux livres de poche des années soixante avec leur couverture illustrée. Je retrouvai cette odeur que j'avais tant aimée, de colle et de papier, agrémentée d'un léger parfum de poussière. Il y avait Marceau, Drieu, Agatha Christie. Je me promis de relire tout ça. Je ne m'y suis pas encore mis. Boulevard Raspail, un taxi manqua m'écraser. Il fit un écart en klaxonnant. J'avais traversé hors des clous. Par la vitre, je vis le chauffeur m'adresser des injures muettes. J'enfonçai les poings dans mon manteau en poil de chameau et accélérai le pas. Une bonne odeur de fromage s'échappait de chez Barthélémy. Dans la vitrine du teinturier, une dizaine de tutus étaient suspendus à des cintres. Devant le musée Maillol, un Roumain en blouson de Skaï se pencha et fit mine de ramasser un anneau doré sur le trottoir. Je secouai la tête. Désolé, vieux, je connais le truc.

15 : 28 Je les récupère comme d'hab le lundi. Arrête d'essayer les histoires old chap. Pour une fois fais tes 50 ans. Au revoir et ne m'appelle plus stp.

Le dernier film de Clint Eastwood n'était pas son meilleur. Christophe m'avait invité à une avant-première dans une salle privée de l'avenue Hoche. Christophe est critique de cinéma et il voit les films avant tout le monde. Quand nous sortîmes, il faisait presque nuit. Où aller dîner, dans ce quartier ? Il n'y avait pas grand-chose. Le Gourmet des Ternes était complet. Nous nous rabattîmes sur la Lorraine qui venait d'être rénovée. On nous installa au bord de la terrasse. Sur la place, les fleuristes rangeaient leurs bouquets. Le soir était doux et tiède. On avait vaguement l'impression d'être au bord de la mer. Juan-les-Pins période Sacha Distel, du moins l'idée que je m'en faisais, petites anglaises décapotables et whisky à gogo. Le serveur venait de nous apporter un plateau de fruits de mer lorsque Pierre m'appela sur mon portable. Où est-ce que j'étais ? Qu'est-ce que je foutais ? Avec qui ? Rien qu'à sa voix, je devinai qu'il avait déjà sérieusement entamé la soirée. Il nous dit de ne pas l'attendre, qu'il arrivait. Christophe cherchait le garçon. Ils avaient oublié les fourchettes à huîtres. Pierre nous rejoignit un quart d'heure plus tard. Le maître d'hôtel rajouta un couvert. Pierre se précipita sur la bouteille de chablis et commanda des langoustines auxquelles il toucha à peine. Il expliqua :

– Je ne m'investis pas dans l'oralité.

C'était sa phrase. Christophe l'entendait pour la première fois.

Une autre bouteille de blanc se matérialisa devant nous. Christophe revenait du festival de Venise où il avait interviewé David Lynch. Pierre fit l'éloge du Gritti où il avait passé son premier voyage de noces. Christophe, lui, était descendu à l'Excelsior, au Lido.

– Mwouais, fit Pierre en vidant son verre.

On ne savait pas s'il voulait parler du vin ou des prestations de l'hôtel. Il exigea un dessert. Son choix se porta sur une glace caramel au beurre salé qu'il laissa presque intacte dans son assiette. La boule fondait doucement, formait une petite flaque brune. Nous prîmes des décaféinés qui étaient à peine tièdes. Encore un endroit où nous ne remettrions plus les pieds. Pierre finit le vin et tendit sa carte American Express Gold. Qu'il se charge de l'addition constituait le signe indéniable qu'il n'était pas dans son état normal.

– Laissez, les mecs. Je gagne plus de fric que vous. Vingt briques par mois. Putain, j'ai envie de baiser. Vous ne connaissez pas quelque chose, dans le coin ?

Christophe, qui n'était pas journaliste pour rien, avait entendu parler d'un bar avenue de Friedland. Pierre insista pour que nous l'accompagnions.

– Un verre, je vous dis. Juste un verre.

– Ça te dit ? fit Christophe.

Je consultai ma montre. À peine minuit. J'écartai les bras avec indifférence. Puisque Christophe était là, ça ne coûtait rien de jeter un œil. Pas besoin de prendre un taxi, c'était tout près. Nous longeâmes la salle Pleyel, passâmes devant les caves Taillevent. Christophe remarqua que la vitrine contenait un grand cru classé de bordeaux bu par Isabelle Adjani. Il y avait même la date de l'événement. À côté, une autre avait été dégustée par Horowitz. Je trouvais ça plutôt indécent d'exhiber ces flacons vides comme des trophées. Nous empruntâmes une rue sur la droite, débouchâmes sur une place avec un kiosque à journaux. L'Étoile était en vue. Nous remontâmes Friedland sur quelques mètres. C'était là. Sur la vitre teintée, une affichette mentionnait : « Recherchons hôtesses après 22 heures. » Pierre poussa la porte sans hésitation. Nous le suivîmes.

Un détail me surprit : il ne faisait pas vraiment sombre. J'avais imaginé une lumière tamisée, des ombres chinoises, des silhouettes indistinctes. Je m'attendais à des femmes outrageusement fardées, à des souteneurs aux chaussures bicolores. Rien de tout cela. Une ambiance de PMU. J'étais presque déçu. Berlin des années trente, ça n'était pas ça. Cela sentait le cigare, la province, les hommes en manque, l'amour moche, les frissons dérisoires. Pas mal de monde, mais personne ne dansait. Visiblement, on sautait l'étape des slows langoureux. Il fallut se frayer un chemin jusqu'au comptoir. Pierre se recoiffa dans la glace derrière le bar. Christophe commanda trois coupes de champagne. Une vasque en forme d'ananas refermait des dizaines de glaçons. Moquette noire, murs tendus de velours, appliques métalliques à la Paco Rabanne, tables basses en Plexiglas, petites bougies tremblotantes. Le champagne avait des bulles minuscules. Une rousse m'aborda, me demanda à quoi je pensais. Je n'osai pas lui répondre. Elle s'éloigna en chaloupant. Pierre avait déjà disparu. Je le découvris assis entre deux blondes gentiment *tapées.* Elles avaient la peau grise, de lourds cernes sous les yeux que ne parvenait pas à masquer la couche de poudre dont elles s'étaient badigeonnées, un décolleté avantageux sous leur chemisier léopard. Pas terribles, quand même. Pauvres souveraines d'un royaume décati. Étaient-elles sœurs ? On leur apporta d'office du champagne dans un seau. *Une roteuse.* Le ballet était orchestré. Je ne reconnus pas l'étiquette. Pierre avait l'air plongé dans un monologue animé. La plus maigre hochait la tête avec un sourire qu'elle estimait être gracieux. La potelée leva son verre pour trinquer. Pierre les regardait par-dessus ses lunettes. Il était chez lui. Celle de droite se pencha vers lui pour qu'il lui allume sa cigarette. Il nous avait oubliés. Pierre avait la manière, encore qu'embarquer une de ces filles ne devait pas réellement constituer un événement digne d'être rapporté par l'AFP. Christophe déclina la proposition que lui fit une grosse brune frisée de s'asseoir à côté d'elle sur un tabouret. Je continuai à observer Pierre, qui avait dénoué sa cravate, avec son visage faussement enfantin, bien peigné. La maigrichonne bascula sur lui pour lui dire quelque chose à l'oreille. Pierre parut réfléchir un instant. Il rangea ses lunettes dans la pochette de sa veste. La fille lui caressa la joue. Je n'en jurerais pas, mais il me semble bien qu'il eut un mouvement de recul. Je crois que j'aurais voulu être ailleurs. Je me tournai vers Christophe.

– Qu'est-ce que tu en dis ? On ne va pas s'éterniser, si ?

– Ça pue la mort, ici, dit Christophe.

Nous réglâmes en liquide. Aucun de nous ne tenait à recevoir des relevés bancaires avec l'adresse de ce bar. Nous n'avions pas trempé nos lèvres dans les verres. Nous fîmes un petit geste d'adieu à Pierre. Je parie qu'il ne nous a même pas vus. La fille à sa droite posait une main sur son bras. Ils riaient ensemble. Dehors, dans la nuit dorée, nous retrouvâmes un peu d'air frais.

– C'est un de tes copains, ça ? me demanda Christophe sur le trottoir.

Le lendemain, compte rendu téléphonique.

– Cette connasse. Je lui ai dit que j'étais paysan, que je m'appelais Gaston, que j'étais venu à Paris pour le Salon de l'agriculture. Est-ce que j'ai une tête à m'appeler Gaston ? Où est-ce que vous étiez passés ? Vous auriez pu rester, merde. Je vous ai cherchés partout. J'ai dû me taper le champagne tout seul.

À l'entendre, il n'avait rien fait d'autre. *C'est ça.* Il s'agit peut-être d'esprit mal placé, mais je me figure mal Pierre se ruiner en mousseux pour le plaisir de débiter des salades à une grosse décolorée.

La dernière de leur mère. Camille leur a certifié que la pension alimentaire servait uniquement à payer la nourriture. J'aurais pu expliquer aux enfants que, dans ces conditions, leur frigo devait vraiment être bourré à craquer, mais bon.

18 : 51 Quel père. Jeune. Brillant. Humaniste. Les enfants s'en rendent compte. Petit à petit.

Le téléphone sonna à deux heures du matin. Je décrochai trop tard. Puis ma mère sonna à la porte. Je compris tout de suite. J'allai chercher la voiture. Nous passâmes prendre ma sœur dans le quinzième. Elle attendait sur le trottoir devant chez elle. La nuit collait son museau froid au pare-brise.

À l'hôpital, l'inconcevable me saute au visage. Je reçois cette mort de plein fouet. La lumière ne sera plus la même. Il avait l'air de dormir, mais on voyait bien qu'il ne s'agissait plus de sommeil. À côté du lit, le moniteur avait été débranché. Le médecin de garde parlait encore plus bas que d'habitude.

Une messe fut dite à Sainte-Clotilde. Durant l'homélie, un camion-poubelle qui déchargeait des bouteilles couvrit la voix du prêtre.

L'enterrement eut lieu en Corrèze. C'était une matinée très froide. De la gelée blanche pétrifiait les branches des arbres. Le cimetière jouxtait la petite église qu'on avait rouverte pour l'occasion. Ma grand-mère et ma tante étaient déjà enterrées là. J'avais dit à Camille de ne pas venir. Les enfants ? Ils avaient insisté pour m'accompagner, mais ça n'était pas une bonne idée.

Sur le terre-plein, la boue solidifiée craquait sous les pas. Des amis toulousains avaient fait le déplacement. Christophe était venu de Paris en train. Un curé assura le service minimum.

Il y eut un déjeuner dans un restaurant au bord de la Dordogne. Nous avions une salle rien que pour nous. À intervalles réguliers, je regardais ma mère, son visage crispé, ailleurs.

Il était très tard. Croyant imiter en cela Ernest Hemingway, nous avions libéré le bar du Ritz qui portait maintenant le nom de l'écrivain. Cela nous avait pris deux heures et cinq champagne-fraise chacun. Nous avions échangé des regards entendus, éclaté de rire pour rien, essayé de discuter avec deux Américaines qui pouffaient tout le temps à cause de notre accent. Nous nous bourrions l'épaule de coups de poing. Pierre se trémoussait d'aise sur son fauteuil. L'endroit lui plaisait. Il ne connaissait pas. Le barman un peu chauve s'appelait Collins. Pierre débitait des bobards à la pelle, comme d'habitude. Nous jouions à avoir le cœur brisé. Cette comédie nous arrangeait.

– Tes petites chéries sont parties.

– Merde, fit Pierre.

Les Américaines s'étaient volatilisées. L'une d'elles, celle aux cheveux bouclés, avait une feuille de marijuana tatouée sur le poignet gauche. Nous serions bien tombés amoureux de l'autre, qui avait des bottes en daim et dont Pierre trouvait qu'elle ressemblait à Camilla Parker Bowles. Pour lui, à partir d'une certaine heure, il y avait toujours une fille qui lui faisait penser à Camilla Parker Bowles. Je lui dis qu'au Ritz, il valait mieux être Camilla que Lady Di. Les Américaines étaient inscrites à Bryn Mawr. Je leur avais dit que j'avais lu *Le Groupe* de Mary McCarthy. Elles n'avaient pas la moindre idée de ce que c'était. Je leur avais parlé de Philip Roth et de Norman Mailer. Elles avaient répondu en chœur que c'étaient les deux écrivains les plus misogynes des États-Unis. *Biiieen.*

– Tu es un frère, dit Pierre.

Oh, oh, doucement. Il devenait dangereusement sentimental.

– Sans blague, tu es le mec le plus intelligent que j'aie rencontré dans ma vie. Tu es mon seul ami. Le seul pote que j'ai.

Je n'aimais pas ce mot : pote. C'était comme les gens qui disaient « bouquiner ».

– Si je me remarie, tu es d'accord pour être mon témoin ?

– Alors ça, merci. Comme disait Danny Glover dans *L'Arme fatale*, je n'ai plus l'âge de ces conneries.

Il voulut commander une nouvelle tournée. Je l'en dissuadai.

– Encore une soirée de merde, dit-il.

Nous étions les derniers clients. Il souffla deux traits de fumée par les narines, prit l'addition et mit ses lunettes en demi-lune pour l'étudier de plus près. Ça pouvait aller.

– On partage ?

Il écrasa lentement sa cigarette, se tortilla pour extraire de son pantalon une liasse de billets neufs. Des cent euros. En me levant, je remarquai qu'il empochait la note le plus discrètement possible.

Le couloir qui menait à la sortie nous parut interminable, avec ses vitrines remplies d'articles de luxe. Nous croisâmes un Russe avec une blonde excessivement pâle, les yeux remplis de pharmacie.

– Ne fais pas le con, me glissa Pierre à voix basse.

La recommandation était superflue. Même moi, je savais qu'on ne plaisantait pas avec ces gens-là. Le polonium, u.s.w.

Le veilleur de nuit ouvrit les grilles pour nous laisser sortir. La place Vendôme était déserte. J'avançai vers la chaussée. L'air était épais et poisseux comme du sirop d'érable. Pas de taxi. Où était passé Pierre ? Je le découvris en train de se soulager contre un réverbère. Un G7 s'arrêta.

– Je vous offre la course. Première fois que je vois ça, quelqu'un qui pisse au milieu de la place Vendôme !

Sur la banquette, Pierre reboutonnait sa braguette.

– Tiens, regarde. Cadeau.

C'était un coussin de velours rouge. Il l'avait piqué sur un des canapés, dans le hall. Que voulait-il que je fasse de ça ? Je déposai Pierre en bas de chez lui. Je demandai au chauffeur de me laisser à quelques blocs de la maison. Je finirais à pied. La rue de Grenelle était aussi vide qu'une scène de théâtre un jour de relâche. Soirée ordinaire à Paris (75).

De retour chez moi, je m'assis sur le canapé, guettant les bruits de l'immeuble. Le silence était presque surnaturel. Il devait être très tard. Je n'avais pas sommeil. À la télévision, un animateur disait à une fille de banlieue : « Avec l'enfance que vous avez eue, Zola aurait pu écrire le tome 2 des *Misérables*. » Les hebdomadaires traînaient sur la moquette. Elle aurait eu besoin d'être changée. « Gisèle Bunchen n'a pas de jolis orteils », me dis-je en reposant le dernier numéro de *Vogue*. Où sont-ils ? Que font-ils ? À quelle heure vont-ils se coucher ? Comment dorment-ils ? Ont-ils des pyjamas ou un tee-shirt ? Se brossent-ils les dents en laissant des traces de dentifrice sur le lavabo ? Le nombre de fois où j'avais marché pieds nus sur une pièce de Lego en allant voir la nuit dans leur chambre si tout allait bien. Quelque chose m'avait saisi par les chevilles et me tirait vers un puits sans fond. Je ne les oublie jamais. À part eux, qu'est-ce qui me sera arrivé d'important dans la vie ?

18 : 39 Tu es quelqu'un de merveilleux. Père. Époux. Quel homme épatant. Bonne soirée. Et surtout, dors bien.

La dernière chose que j'ai dite à mon père : « J'ai fait faire la révision de la Volvo. » J'espère qu'il ne l'a pas entendue. Comme adieu, on ne fait pas plus idiot.

– Et ta secrétaire ?
– Je l'ai virée.
– Sympathique.

– Oh, elle va me foutre aux prudhommes, je m'y attends.

Il rit de ce petit rire un peu faux que vous avez lorsque vous prétendez avoir lu Proust en entier.

– En plus, elle ne savait pas baiser. Les meilleures baises, c'est avec les putes. Tu devrais essayer.

– Mais ouais. Goûte-moi ça, plutôt.

Je lui tendis un verre de pesquera 96 qui, par miracle, figurait à la carte. À Paris, c'était la croix et la bannière pour en dénicher. Pierre examina l'étiquette sur la bouteille.

– C'est espagnol ? C'est du vin d'alcoolique, alors.

Parler ainsi d'un ribeira del duero. En œnologie, Pierre était nul. Il avala une gorgée en tordant le nez, demanda s'ils n'avaient pas du rosé, ici.

– J'adore les putes. Je ne sais pas pourquoi, mais j'adore ça. Je ne peux pas m'en passer.

Voilà que ça le reprenait. Qu'est-ce qu'il avait avec ça ? Nous dînions dans ce restaurant chinois de la rue de Richelieu où se bousculent les journalistes de mode. En jouant avec ses baguettes, Pierre établissait le bilan de la soirée précédente. Il avait fait venir une call-girl chez lui. « Tu comprends, disait-il, j'ai eu la flemme de me déplacer. » Le raisonnement se tenait. Visiblement, ça n'était pas la première fois. Un jour, il serait détroussé.

On le ramasserait en sang sur son parquet. Des maquereaux débarqueraient pour le menacer d'un couteau, lui soutirer son numéro de carte bleue. Des roulures s'étaient vautrées dans ses draps, avaient utilisé sa salle de bains et ça ne le gênait pas une seconde. Elles avaient le code de sa porte-cochère, savaient à quel étage il habitait. B 729. Moi aussi je m'en souvenais. Est-ce que ses enfants dormaient dans la chambre d'à côté ? Ces arguties me dépassaient. Son grand jeu consistait à détailler ses exploits avec les filles. Il avait ses habitudes, tout un réseau, un service de livraison à domicile en quelque sorte. C'était son Pizza Hut à lui. J'écoutais. Je trouvais ça pathétique et fascinant.

– Elle avait de ces seins ! Elle m'a dit que je baisais comme un dieu. Elle m'a dit : Toi, t'es un bon.

– Et tu l'as crue ?

– Connard !

Il me balança sa serviette à la figure et alluma une cigarette.

– Tu n'avais pas arrêté ?

– Seulement sous la douche !

Il tira une longue bouffée et décolla de sa langue un brin de tabac.

– Et toi ?

– Moi ?

– Oui, toi. Qu'est-ce que tu fous, bordel ? Tu ne dis jamais rien.

Moi ? Qu'est-ce que j'avais fait, déjà ? J'avais dîné avec ma mère dans ce restaurant derrière l'église Sainte-Clotilde. Nous avions parlé du prochain Noël en nous doutant bien que cette année ça serait un peu spécial. Nous évitions d'avoir des projets trop précis pour les fêtes. Ensuite, j'étais rentré lire en anglais le dernier Jay McInerney en me demandant comment le piquer aux Éditions de l'Olivier. Pierre haussa les épaules. Le sujet le barbait.

– Mais va baiser un peu, bordel ! Si tu veux, je te les offre, les putes.

Je secouai la tête et lui resservis de ce bordeaux rosé qui était la spécialité de la maison. Pierre trouvait que, dans les restaurants, les vins arrivaient toujours trop tard. Il avait des théories sur tout. Le propriétaire sautillait d'une table à l'autre, poussait de petits cris, embrassait les hommes sur les deux joues. Il avait son nœud-papillon et des chemises à manches courtes. Il y avait des Polaroid de lui avec des personnalités plein les murs. Cheng avec Lagerfeld. Cheng en compagnie de Coppola. Cheng au bras de Johnny Depp. On disait qu'il était très fort pour tirer les cartes. Par quel prodige avait-il eu droit à quatre pages dans le *New Yorker* ? Pierre laissa la moitié de son poulet au gingembre dans son assiette. Chaque fois que quelqu'un entrait, un courant d'air soulevait le rideau de velours noir qui masquait la porte. Je saluai une avocate blonde qui m'avait soumis un manuscrit que j'avais refusé – enfin, pas moi : le directeur littéraire du domaine français, mais pour elle cela revenait au même –, l'histoire banale d'une fille qui a une liaison avec sa belle-mère. Ce furent deux saluts assez succincts. Pierre continuait à parler de lui. Il jetait ses phrases sur la nappe, se vantait d'avoir couché avec deux couvertures de *Paris-Match* : une comédienne et une navigatrice solitaire (à vérifier).

– Et jamais de préservatif ! gueula-t-il.

Les tables alentour nous lancèrent des regards ébahis et compatissants. *Bah, dites donc, il en tient une bonne, votre copain*. Pierre ne se rendait pas compte. Je vissai un index sur ma tempe.

– Quoi, bordel ? Il faut bien mourir de quelque chose. Autant que ça soit en baisant, non ?

Il partit d'un gros rire en renversant la tête en arrière.

– De toute façon, les femmes c'est de la merde, dit-il d'une voix différente. La vie, c'est de la merde.

J'essayai de le calmer. Nous n'aurions jamais dû réserver dans cet endroit où je connaissais du monde. Au fur et à mesure, la conversation s'émiettait comme une biscotte. Le nombre de personnes dont il avait dit du mal au cours du repas… Les noms d'oiseaux s'écrasaient entre les assiettes. Je fis signe au patron, lui demandai d'appeler un taxi. Pierre était de plus en plus rouge. Sa joue tremblait. Il voulut se rendre chez sa dernière femme. Je l'en dissuadai et réglai l'addition. Dehors, je poussai Pierre dans le taxi, une Mercedes gris métallisé. La ceinture de son imperméable s'était coincée dans la portière. Je rentrai chez moi à pied en passant par les guichets du Louvre. Une autre soirée perdue. Ça commençait à bien faire.

09 : 29 Cher. Pension le 1er de chaque mois mais par virement. Très amicalement.

Il avait de ces questions.

– Quelles sont les choses les plus surestimées, à ton avis ?

Je réfléchis. J'allai me poster à la fenêtre qui donnait sur la cour jonchée de graviers. Je dis sans me retourner :

– Le whisky, la langouste, la sodomie et les réveillons.

Il hocha la tête.

– Ouais, tu t'en sors bien.

– Et toi ?

Il prit un air profond, soupesa le problème un moment.

– L'amour, dit-il.

Sur ces sages paroles, il se leva avec difficulté et alla dégueuler dans l'évier de la cuisine.

15 : 05 J'ai honte pour toi. Dors bien.

– Bienvenue, monsieur Maurin. On ne vous avait pas vu depuis longtemps.

L'hôte des lieux, qui avait un accent italien à couper au couteau, serra la main de Pierre. Une Noire vint prendre nos manteaux. Nous parcourûmes l'espace qui nous séparait de la table du fond.

– Prends la banquette.

Le serveur tira la table. Je me faufilai derrière. Pierre tournait le dos à la salle. Une fresque était peinte au plafond : des séraphins armés de flèches chassaient une sorte de sirène dans les nuages. Très kitsch. Ces restaurants du seizième accueillaient une clientèle dorée sur tranche, familles du quartier, riches célibataires en goguette, couples se préparant à aller en boîte. Un chanteur qui avait eu son heure de gloire dans les années quatre-vingt était coincé dans un box. Son crâne un peu chauve dépassait de la cloison qui le séparait du reste des dîneurs. Pierre était plongé dans la lecture de la carte.

– Qu'est-ce qui était à la mode, comme dessert, dans les années quatre-vingt ? dis-je. Crème brûlée, carpaccio d'ananas, fondant au chocolat ?

– Crème brûlée ! répondit Pierre avec l'impatience d'un participant à un jeu télévisé. Tout le monde sait ça.

Le sommelier arriva, brandissant une bouteille de chianti. Il nous félicita pour notre choix. Pierre désigna l'étiquette qui représentait une maison de maître au milieu des vignes.

– Tu vois cette fenêtre au premier ? C'est dans cette chambre que je me suis fait ma première Italienne.

Bruits de couverts, rumeurs de conversations. Pierre écrasa son paquet vide de Marlboro entre ses doigts. Cette activité semblait soudain concentrer toute son énergie. Le seizième était un des rares endroits de Paris où je n'avais jamais habité. Qu'est-ce que je racontais ? À part une brève incursion dans le quinzième – une lubie de Camille qui avait déniché une petite maison au fond d'une cour pavée –, je n'avais jamais quitté le septième. Il ne se passa rien pendant près d'une minute. Je ne me sentais pas très bien. Des spaghettis au pesto fumaient dans les assiettes. Je dis à Pierre de m'excuser. Les toilettes étaient au sous-sol. Je m'aspergeai le visage à l'eau froide. Ça n'allait vraiment pas. Il n'y avait pas de serviette, seulement une de ces inutiles souffleries d'air chaud.

Je remontai. Un sourire forcé s'était fossilisé sur les traits de Pierre.

– Qu'est-ce que tu as ? Tu es trempé.

– Je vais y aller, lui dis-je.

– Déconne pas, il est à peine dix heures.

– Je te rappelle.

La Noire me rendit mon manteau sans un mot. Un des serveurs lui disait que de plus en plus de gens se jetaient sous les rames de métro. En langage administratif, cela s'appelait « Incident sur les voies ». Je lui glissai un vieux billet de cinq euros doux comme du velours.

Un orage menaçait. Une ambulance remontait l'avenue Victor-Hugo avec sa sirène à plein volume.

– Quel enculé !

L'expression était imagée : elle avait l'avantage de résumer l'opinion générale. Christophe n'en revenait pas. La nouvelle le sidérait : Pierre avec Camille. Il était outré. Pour lui, ça ne se faisait pas. Nous remontions à pied la déprimante avenue Max-Dormoy, avec ce long mur qui n'en finit pas.

Nous avions assisté, cimetière de Bagneux, à l'enterrement d'un vieil écrivain que nous aimions tous les deux. La pluie menaçait.

Le rabbin laïque avait prononcé quelques mots en plein air. Il avait une sorte d'accent anglais. Le vent, le bruit des camions effaçaient la moitié de ses paroles. Une actrice en chapeau lut une page de l'écrivain. On n'entendit rien non plus. C'était bien dans le style du défunt. La situation l'aurait amusé. Il aurait pouffé en rabattant sa mèche sur son front. En file indienne, nous lançâmes une poignée de terre sur le cercueil. Je n'avais jamais vu un caveau aussi profond. Dans l'allée, Christophe, décidément très en forme, avait dit :

– À partir d'un certain âge, quand on va à un enterrement, c'est comme si on visitait un appartement-témoin.

Cela avait fait rire quelques personnes autour de nous. L'écrivain ne l'aurait pas mal pris, je crois. Nous devions déjeuner avec lui deux jours plus tard, dans ce restaurant rue de la Chaise où il avait ses habitudes. Nous nous y rendîmes malgré tout, Christophe et moi. Le patron nous dit :

– Vous n'aviez pas réservé pour trois ?

– Si, mais il est mort ! répondit Christophe avec le ton du jeune Léaud dans *Les 400 Coups*.

Nous avions commandé le bordeaux que préférait l'écrivain, un saint-julien. Le cœur n'y était pas.

La station de métro était proche. J'en avais marre de voir mourir les gens autour de moi. J'ai l'âge des deuils. Quand j'y réfléchis, mon carnet d'adresses commence à ressembler à un mausolée. Dans le répertoire, je ne raye même plus le nom des disparus. À la lettre M, il y a le portable de Pierre Maurin. Je n'allais quand même pas l'appeler. D'après Christophe, ç'aurait été à ce dernier de le faire.

– C'est vraiment un enfoiré. Il aurait dû te dire : je suis emmerdé, voilà ce qui m'arrive. Il faut qu'on se parle. Mais là, non. En fait, cette grande gueule est une couille molle. Tu veux qu'on aille lui péter les deux jambes ?

Je haussai les épaules. Nous étions un peu démodés. Oui, Pierre aurait pu faire ça. Mais non, rien. Silence radio. J'aimerais me dire que tout ça, c'est du passé. Nous nous engouffrâmes dans l'escalier qui menait à la ligne 12. Le scooter de Christophe était en panne. Sinon, il m'aurait ramené.

Côté travail, rien de spécial. Je jouais les hommes pressés, submergés de tracas et d'obligations. Je sortais beaucoup. Une fête ? J'étais votre homme. Un dîner ? Me voilà. Brasseries. Cocktails. Vernissages. Les rumeurs de la ville. Je passais chez des gens. Je partais avant le dessert. Généralement, on évitait d'aborder le sujet de Camille devant moi. Dans mon dos, ça devait être autre chose. « Il ne va pas bien, vous savez. » Je connaissais le refrain, l'ayant souvent entendu à propos d'amis. J'étais là sans y être. Je me suis même retrouvé un soir à un dîner où il y avait la mère d'une fille avec laquelle j'étais sorti après mon premier divorce et l'ex-femme d'un type qui avait vécu avec ma première femme. Paris, Paris. Dans ces dîners, il y avait toujours une blonde dont le portable sonnait au milieu du repas. Un domestique en veste blanche passait des rafraîchissements, se penchait sans renverser son plateau. Les invités prenaient leur air extasié. Il leur en fallait peu. Pour le café, les commentaires continuaient à fleurir. La dialectique s'en donnait à cœur joie. Et soudain, l'angoisse. Voilà qu'elle se réveille. On croit l'oublier ; elle revient. Il restait encore les heures de la nuit. Je me disais que j'étais mort. *Je ne serais pas en train de couver une petite dépression, moi ?* Ce sentiment d'à-quoi-bon, d'inutilité. Trop de solitude peut conduire à l'apitoiement et à la paranoïa. Je lisais des romans anglo-saxons dans le texte. À part ça, je me débrouillais pour ne pas faire ce qu'Hector et Oscar n'auraient pas aimé me voir faire. Décence élémentaire.

Un après-midi, je passai à la maison d'édition. Au service de presse, j'entendis une stagiaire demander au téléphone à un journaliste :

– À qui est-ce que je peux envoyer un premier roman sur l'anorexie, chez vous ?

Je n'avais pas rêvé. Elle avait bien dit ça.

12 : 27 Je dîne chez Lipp. N'y va pas ce soir

Plus de nouvelles de Pierre. Je m'en passais fort bien.

Noël, là-dessus. Les enfants réveillonnent avec moi le 24. Ils déjeunent chez leur mère le lendemain. L'an prochain, ça sera l'inverse. Oscar a tenu à ce que j'achète un sapin. Au matin, la guirlande clignotante tombe en panne.

De Camille, je voudrais ne garder que les bons souvenirs. La tâche n'est pas aisée. D'elle, je me suis toujours fait une belle idée. J'ai déjà oublié les rancœurs, les rancunes. Entre époux, les petites trahisons, les grandes perfidies, c'est de bonne guerre. Les choses, entre amis, sont un peu différentes. On s'y attend moins. On n'est pas préparé. Le coup vient sans prévenir. On tourne le dos, et puis tchac ! On ne peut être trahi que par les autres hommes. Camille se résumait désormais à des images, ces années dont on croit tout se rappeler, l'époque où j'ignorais encore la différence qui existe entre innocence et naïveté. Il y a le dîner à deux dans la salle à manger vide de la Gavina, à S'Agaro, un jeudi de mai. Les débuts, quand elle courait vers moi dans la rue comme un chiot impatient et affectueux. La fois où, dans la conversation, elle a confondu les adjectifs « génital » et « génétique ». Le restaurant chinois de la rue Jean-Mermoz où elle m'a appris à manier les baguettes. Les Post-it qu'elle glissait entre mes chemises en préparant ma valise. Le ton fier et mutin qu'elle prenait – l'air de dire : « Ça n'est pas à toi que ça arriverait » – pour parler des hommes qui lui faisaient la cour : « Il y en a qui se damneraient. » Sa joie les soirs où je rapportais des plats de chez le traiteur libanais de l'avenue Marceau. Le jour où elle avait dit : « Je voudrais une voiture plus grande, un appartement plus petit et un autre enfant. » La piscine du Pont-de-l'Ouysse où elle s'était fait piquer par une guêpe. La tache de naissance presque violette en forme de carte d'Angleterre qu'elle avait sur le bas du cou. Le château-l'évangile 88 et la truffe entière que nous nous étions offerts quand une des traductions que j'avais publiées avait dépassé les cent mille exemplaires. Ses cheveux qu'elle attrapait à deux mains sur la nuque avant de les relever au-dessus de sa tête. La surprise qu'elle m'avait faite en organisant une soirée chez Castel pour mon quarantième anniversaire. Le mois de septembre où nous avions cueilli des mûres sous la pluie dans l'île de Ré. Sa façon de me tenir le bras comme un aveugle à qui on fait traverser une rue. Ses joues toutes rouges quand elle a demandé un autographe à Isabelle Adjani dans sa loge après une représentation de *La Dame aux camélias*. Ce mot de passe que nous avions entre nous : « J'ai plus de souvenirs que si j'avais été à Milan. » Celle-là, personne ne comprenait.

On n'avait même pas attendu que Camille soit enceinte pour se marier. Belle fête au Pré-Catelan. Nuit de noces au dernier étage du Concorde-Lafayette, porte Maillot. Voyage aux îles Éoliennes. L'avenir ressemblait à un rêve merveilleux. Camille portait une robe bouffante, assez médiévale, qu'un couturier lui avait dessinée pour l'occasion. À l'Oratoire, elle arriva avec vingt minutes de retard. Sa mère, qui l'accompagnait en voiture, s'était perdue dans les embouteillages. À la fin du dîner, Camille battit des mains devant la pièce montée. On dansa dans les jardins. Christophe s'endormit sur la pelouse. Il fut réveillé au petit matin par l'arrosage automatique. Toute la soirée, je tripotai l'alliance qui me serrait le doigt. On pénétrait les yeux fermés dans le royaume d'une nouvelle vie. Elle avait dix ans de moins que moi. Elle riait tout le temps et c'était un rire de conquérante. Toutes ces années avaient été incroyablement riches en émotions. Je n'avais pas tenu le calendrier de nos amours. Bon sang, pourquoi est-ce que je repense à tout ça ? Toute cette mémoire en commun, le disque dur du passé. Sincèrement, je n'aurais pas la force de recommencer.

19 : 53 Merci de rappeler, monsieur le vieillard.

Je le vois d'ici. Il était très fort pour jouer les innocents. Je l'imagine se précipitant sur son calepin à la recherche du numéro de Camille, l'appelant dans mon dos, d'une petite voix mielleuse. Comment ça va ? Pas trop dur, ce divorce ? Moi aussi j'en ai bavé, putain. Et les enfants ? Comment prennent-ils la chose ? On peut en parler, si tu veux. Il avait dû l'inviter à dîner. Où l'avait-il emmenée ? Heureusement qu'il a un goût de chiottes pour les restaurants. Comme ça, je ne risque pas de les rencontrer dans les endroits où je vais. Lui, c'est les Costes, les pizzerias, ces pénibles restaurants avec voiturier près des Champs-Élysées. Après, il aura sûrement évité d'aller avec elle dans un de ces bars qu'il affectionnait, lumière tamisée, moquette sur les murs et bouteilles de champagne vides renversées dans les seaux à glace. *Et jamais de préservatifs.*

Je ne l'ai plus revu. Il avait déménagé parc Montsouris. Je ne suis pas allé à sa crémaillère. Je ne l'ai pas invité à mon cinquantième anniversaire. En général, je me trompe assez peu sur les gens, mais avec lui il faut avouer que je me suis fourré le doigt dans l'œil. Si j'avais continué à le voir, ma vie serait partie pour de bon en morceaux. C'était un être de perdition. Camille, d'ailleurs, nous trouvait insupportables quand nous étions ensemble. Fous rires, blagues idiotes, baignoires de champagne. À son contact, je faisais connaissance avec le vertige et l'insomnie. Nous dînions sans femmes. Nos solitudes nous unissaient. Nous nous croyions libérés. Pierre m'assurait que ses amis mariés l'enviaient salement de l'existence qu'il menait, de son appartement de célibataire, de ses horaires fracassés. Mais ouais, mais ouais. Cette fausse adolescence retrouvée. Moi, ce que j'aurais souhaité, c'est avoir à nouveau vingt ans et cette sensation d'invulnérabilité qui m'habitait alors. Côtoyer Pierre Maurin était d'un rassurant. Cela permettait de mesurer sa propre vertu. Grâce à lui, en comparaison, on s'en tirait toujours avec les félicitations du jury. Nous étions allés de bar en bar. Nous avions exploré toutes les adresses où l'on pouvait s'alcooliser avec minutie, écumé des abreuvoirs plus ou moins luxueux. Nous nous retrouvions parfois dans des endroits où nous ne nous souvenions même plus être entrés. J'arrivais généralement le premier avec le sentiment que rien ne pourrait nous arrêter ce soir. J'étais au bar, devant une bière en train de s'éventer. À côté de moi, des filles gloussaient. On voyait leur string dépasser du jean. Soudain, quelqu'un hurlait mon prénom. Je me retournais et j'apercevais Pierre qui agitait la main au-dessus d'une marée de têtes. L'alcool rugissait entre nos tempes. La réalité se disloquait. Ombres mouvantes et lueurs d'incendie. Les feux du divorce nous illuminaient, comme un warning signale une voiture en panne, mais prête à redémarrer à tout instant. Autour de nous, tout dansait. Le barman nous offrait un dernier verre. Pierre était capable de monter la garde jusqu'à l'aube dans les bouges les plus hypothétiques. Il se faufilait dans la salle enfumée en direction des toilettes. Il ne trouvait de repos que dans l'alcool et la baise tarifée. Je jouais son chaperon. Je l'enfournais dans des taxis. Au moins Pierre avait-il la sagesse de ne jamais prendre sa voiture. Qu'est-ce qu'il a, maintenant ? Une BMW ? Une Audi ? Peut-être qu'il a arrêté de boire, qu'il essaye aujourd'hui de donner le change. Ça serait un peu triste, dans un sens. Le Pierre à l'imagination débordante dès qu'il avait pris un verre de trop allait manquer à son entourage. L'aplomb que l'alcool lui offrait, ces énormités qu'il balançait avec un sourire angélique, ces vastes tirades qui sortaient de sa bouche embuée de gin ou de champagne. Tout cela était drôle, mais il y avait toujours un moment où il basculait dans la vulgarité. Cette vulgarité faisait partie de son charme. *Suffit.*

J'ai bien aimé sa fiche des RG.

D'habitude, je ne lui demande jamais rien, mais là, j'avoue, je n'ai pas pu résister. Jean-Philippe travaille dans la police, je n'ai jamais compris exactement à quoi. Il s'occupe de la sécurité du territoire, quelque chose comme ça. Ce qui est sûr, c'est qu'il a accès aux écoutes téléphoniques. Nous nous sommes rencontrés à Sciences Po quand nous avions vingt ans. Enfin, bref. Quand je lui ai évoqué le problème, il a commencé par rigoler.

– Je vais regarder ce qu'on a.

Trois jours plus tard, il m'a rappelé. Il avait trouvé ce que je cherchais.

– Ça, il a l'air d'avoir de la personnalité, ton gars. Tu es prêt ? On y va ?

– Allons-y.

– Bon : Pierre Maurin, 64, rue d'Alésia. Né le 10 février 1950. Membre du GUD dans les années soixante-dix, comme tout le monde. Condamné à plusieurs reprises pour exhibitionnisme sexuel. Même topo pour conduite en état d'ivresse. Coups et blessures à l'encontre d'un chauffeur de taxi. Grivèlerie envers une compagnie de taxis. On dirait qu'il aime beaucoup prendre des taxis, mais qu'il aime moins les payer. Il semble aussi assez affamé de parties fines. Et apparemment, il s'agit d'un des plus grands consommateurs de putes de Paris. Elles, au moins, il doit être obligé de raquer. Mais bon, tout ça est confidentiel. Un avocat ne pourrait rien en faire. Nous non plus, d'ailleurs. Notre rayon, c'est plutôt les types qui s'intéressent aux mineurs, ceux qui touchent aux petites filles, les histoires comme ça. Les bons vivants, comme ton client... J'ai un copain qui a été dans le même genre de situation après son divorce, ça lui a pris quatre ans. Mais tu fais ce que tu veux, hein ?

Il me conseilla de jouer les naïfs, en vieux stratège à qui on ne la fait pas.

– Tu sais bien que je suis fordien. Je crois que l'innocence est la meilleure des ruses.

– Oui, mais moi je suis hawksien. Je pense que l'amitié prévaut. Et que les femmes viennent tout perturber.

– C'est vrai que tu es un homme de droite. Les hommes de droite ont toujours eu peur des femmes. Moi, je n'ai jamais eu peur des femmes. C'est comme ça que j'ai su que j'étais de gauche.

Je le remerciai. Ça me faisait tout drôle. Je me demandai ce qu'il y avait sur la fiche à mon nom. Mais ça, Jean-Philippe ne me le dirait jamais.

– Vous aimez les huîtres, non ?

J'étais arrivé avec cinq minutes d'avance et j'avais constaté, surpris, que Bertrand m'attendait déjà. Pour une fois, il ne portait pas de cravate. Il passa la commande. Le maître d'hôtel signala qu'il y avait aujourd'hui un gratin de fruits rouges qui n'était pas sur la carte. Cette manie de devoir choisir son dessert en début de repas avait quelque chose d'horripilant. Une bouteille de ménetou-salon apparut devant nous. Bertrand goûta en fermant presque les yeux, acquiesça d'un infime hochement de tête vers le sommelier. Nous n'étions que deux, mais on nous avait attribué un box pour quatre. Bertrand avait ses habitudes au

Dôme. C'était mon patron, celui qui dirigeait la maison d'édition. Elle croulait sous les best-sellers. Le flair de Bertrand lui permettait de repérer immanquablement les titres qui allaient marcher. Cela ne voulait pas dire qu'il s'agissait à chaque fois de livres qu'il aimait. Il était imbattable pour parler des choses qu'il n'avait pas lues. Il en parlait bien, avec conviction, beaucoup mieux que ne l'auraient fait les auteurs eux-mêmes. À cela, on reconnaissait le véritable éditeur. C'était devenu une plaisanterie, dans la maison, de dire qu'on aurait dû envoyer Bertrand aux émissions littéraires plutôt que les romanciers qu'il publiait. Le succès lui paraissait néanmoins un peu dégoûtant. Chez lui, à la plaine Monceau, sa bibliothèque contenait des originales de Chardonne et de Morand. Quelques Larbaud. Les étrangers le barbaient. Il me laissait faire, du moment que la collection ne perdait pas trop d'argent. Le nouveau Kit Wilson était programmé pour janvier. Bertrand avait déjà mis des épreuves en circulation. D'après lui, la presse s'agitait. Il fallait obtenir une exclusivité pour les bonnes feuilles. *Figaro Magazine* ou *Nouvel Observateur* ? Personnellement, je n'étais pas très chaud. Les bonnes feuilles comportaient le risque de donner l'impression de connaître le livre avant sa parution. À l'époque, paraît-il, cela avait coulé la traduction de *De sang-froid*. Bertrand pinaillait sur l'illustration de couverture. La photo d'Elliott Erwitt ne lui plaisait pas. Pourquoi ne pas demander un dessin à Le Tan ? Au dos, on était bien d'accord, il y aurait la citation élogieuse de Brett Easton Ellis à propos de *Do not disturb* (nous avions préféré garder le titre en version originale). Bertrand réclama des cigares. Ils tardèrent à arriver.

– Vous avez l'air en forme, lui dis-je.

– Je fais de la gym, dit-il en mimant le geste de soulever des haltères.

Au deuxième café, il m'annonça avec un clin d'œil vaguement lubrique qu'il m'accompagnerait à Francfort. Qu'est-ce qui lui prenait ? Il avait cette foire en horreur et le couple qu'il formait avec sa femme, la fille d'un éditeur légendaire, constituait, de par sa longévité, un sujet d'émerveillement dans le milieu. Il alluma son cigare qu'il tenait entre le pouce et l'index et se renversa contre son dossier. Une jeune romancière de septembre vint nous saluer. Elle était brune et minuscule, tout excitée à l'idée de tourner elle-même l'adaptation de son livre au cinéma.

– Mais vous ne connaissez rien à la réalisation, dit Bertrand. Comment allez-vous faire ?

– Bah, là, je vais aller à la FNAC m'acheter des DVD.

Elle fila vers la porte-tambour. Bertrand souffla la fumée vers le plafond.

– À propos de DVD…

Il se pencha sous sa banquette et en tira d'un sac en plastique au logo des éditions une série de DVD que je lui avais prêtés : *Last Seduction*, *Les Duellistes*, *Le Feu follet*. Il n'avait pas réussi à regarder les deux premiers car son lecteur n'était pas dézoné et j'avais commandé ces films sur Amazon.com. Je me lançai dans un dégagement alambiqué où je comparais le début de *Retour à Babylone* avec la séquence au bar du Quai Voltaire dans le Louis Malle. D'ailleurs, il y aurait tout un parallèle à établir entre Drieu et Fitzgerald. Il faudrait que je demande ça à un journaliste du *Point* que cela risquait d'intéresser. Je ne pouvais plus lire grand-chose sans penser à un contrat d'édition.

– Et si quelqu'un nous faisait un petit quelque chose sur le bar du Pont-Royal ? Vous vous souvenez du Pont-Royal ? dit Bertrand. Vous y étiez tout le temps fourré, non ?

Sur le trottoir, Bertrand déposa un billet de vingt euros dans la timbale que tendait un membre de l'Armée du Salut en uniforme. Je le quittai à la station de taxis au milieu du boulevard Montparnasse.

– Pourquoi n'y a-t-il aucun film de Jean Eustache en DVD ?

Je calculai mentalement. Cela faisait plus d'un an qu'il n'avait pas donné signe de vie. Je ne l'avais jamais rappelé. Dans la rue, il m'arrivait de croiser d'anciens voisins de la rue Dupont-des-Loges. Ils me disaient :

– Tu as des nouvelles de Pierre ?

Je répondais : non, il y a un moment. L'un d'eux m'avait soufflé :

– Dis, ça ne s'arrange pas, son eczéma.

La dernière fois, devant l'Épicerie du Bon Marché, c'est moi qui avais posé la question à Antoine. Il avait secoué la tête. Non, il n'avait pas vu Pierre, il devait y aller. Je revois le visage d'Antoine. En réalité, il était gêné comme tout. Mon ignorance sautait aux yeux. Qu'est-ce qu'il pouvait faire d'autre ?

Nous ne faisons pas ça. Les autres font ça, mais pas nous. Nous ne sommes pas comme ça. Nous ne sommes pas des Pierre Maurin. Nous leur laissons les coups en traître, la bassesse d'âme, l'absence de noblesse. Nous détestons les contrefaçons. Nous ne payons pas des femmes pour coucher avec. Nous préférons l'incertitude, les soirs propices. Nous ne trahissons pas les autres. Nous sommes du côté des vivants, pas de celui des viveurs. Nous ne prenons pas l'amitié à la légère. Nos brouilles ne sont pas passagères. Nous essayons de nous tenir droit. Nous restons mérovingiens.

Oscar a décrété qu'il était trop grand pour qu'on continue à lui lire des histoires. Le soir, il préfère regarder *Les 400 Coups* en DVD. Il s'endort toujours avant le moment où le jeune Léaud dit « Elle est morte ! » à l'instituteur. Hector, lui, tient absolument à rester éveillé jusqu'au bout, quand le héros fugueur court sur la plage à marée basse. À force, ils connaissent le film de Truffaut par cœur. Pourtant, ils détestent les films en noir et blanc.

La vie m'a suffisamment secoué. J'ai affronté l'essentiel. Ça va. Je n'ai besoin de rien pour savoir que mes fils comptent pour moi plus que tout. Quand je les imagine chez lui, enfermés dans la chambre qu'ils partagent, me chuchotant des secrets dans leur téléphone portable, du plomb se solidifie dans mes veines. J'essaie de respirer. J'aurais voulu leur apprendre la rectitude et la gaieté. Qu'est-ce que nous leur avons fait ? N'est-il pas normal, pour un homme, de vouloir tenir ses enfants à l'écart de toute la corruption de l'existence ? Je ne pouvais pas regarder sans réagir Pierre foutre leur vie en l'air. Et si je décrochais mon téléphone et que je l'appelais :

– Hé, ça faisait des siècles, qu'est-ce que tu deviens ? Oui, dis, ça fait quoi d'être une petite merde ?

Kit Wilson donna une lecture à la Maison des Écrivains. Il respectait une pause à la fin des chapitres, faisait quelques commentaires qui suscitaient des rires parmi les personnes parlant anglais. Les autres devaient attendre la traduction dans leurs écouteurs. Kit portait une veste de velours marron, une chemise en chambray et un pantalon kaki.

Il s'arrêta, referma le livre et considéra l'assemblée. Il y eut des applaudissements. On alla dîner à côté, dans un restaurant où Kit se précipita sur la saucisse-purée. Au dessert, il nous expliqua qu'il ne se souciait pas des mauvaises critiques. Il adaptait lui-même un de ses premiers romans pour le cinéma. Les studios avaient versé une avance pharamineuse pour les droits. Soderbergh était pressenti pour la mise en scène et Brad Pitt était intéressé par le rôle du personnage principal, qui perdait ses enfants dans un accident de voiture alors que lui-même s'en tirait sans une égratignure.

Et brusquement, il y eut Victoire. Cela faisait vingt-cinq ans que je ne l'avais pas croisée. Nous avions été voisins, à l'époque. Il ne s'était rien passé entre nous. Elle était déjà mariée. Les soirées qu'elle organisait au débotté dans son duplex des Invalides étaient fameuses. Tout le quartier se donnait rendez-vous sur sa terrasse. La nuit venait vite. On dansait en plein air, sans se soucier du couvre-feu. La lumière dans le ciel prenait des reflets roses, presque violets. Je l'ai retrouvée à un cocktail sur un bateau-mouche. La Seine était épaisse comme une soupe aux châtaignes. Victoire avait monté une affaire de traiteur à domicile. Elle aussi était en train de divorcer. Cela crée des liens. Elle était restée telle que dans mon souvenir. J'ai tout de suite aimé ses cheveux blonds, la douceur de ses épaules, son sourire sceptique. Elle a le nez froid, mais ses joues sont lisses et chaudes comme le flanc d'une théière. Sur sa tempe gauche, il y a une minuscule cicatrice due à un coup de raquette durant un match de tennis en double. Elle roule en scooter, a un basset griffon vendéen, envoie des sms en espagnol. Elle habite toujours le même appartement au dernier étage, avec les nuages au-dessus des toits, pareils à des pièces de puzzle. Quand elle sort de la douche, elle est vêtue seulement d'une serviette de bain blanche autour du corps et d'une autre, plus petite, enroulée sur la tête. Il y a quelque chose dans l'air. Je plonge mon nez dans son cou, ses cheveux me chatouillent et j'oublie les cinquante années précédentes. Les premiers temps, je ne l'exhibais pas à tout bout de champ. Je peux même dire que nous nous cachions. Passé la quarantaine, vos amis s'excitent un peu trop quand ils vous voient plus d'une fois avec la même personne. Je n'avais pas envie de tout gâcher dès le départ à cause de leurs commentaires vaseux.

Je t'emmerde, Pierre Maurin. Telle était la teneur de mon état d'esprit. Je me suis dit : tu t'en fourres plein les poches. Tu baises mon ex-femme. Tu as des costards sur mesure. Tu joues les patriarches avec mes fils. Quelqu'un de meilleur que toi aurait été dévoré par la honte et le dégoût. Mais tu n'es rien d'autre, avec ton ego si fragile et envahissant, qu'un de ces frimeurs à lunettes de soleil qui se garent en double file avenue Montaigne, un ivrogne tiré à quatre épingles. Le seigneur des bars à putes, mister Partouze number one, le baiseur hors norme, le queutard-né, le Don Juan des couches-culottes et des yaourts allégés. Maintenant, tu prétends sans doute servir de mentor aux garçons, leur indiquer la voie à suivre. GPS à la Maurin. Direction rue Thérèse. Prendre les quais. Aller au Palais-Royal. Passer devant la Comédie-Française. Remonter l'avenue de l'Opéra. Tourner à droite. À droite encore : c'est là. Est-ce que tu gardes tes chaussettes quand tu te déshabilles dans les clubs échangistes ? Tu penses t'être bien foutu de ma gueule. Pas ce que tu crois, mon petit canard. On revient sur terre cinq minutes. Il fallait choisir un autre témoin, monsieur Vingt-Briques-par-mois. Mauvaise pioche. Lui que les enfants avaient pu voir plusieurs fois à genoux dans les chiottes, du dégueulis plein les commissures, à deux pas de leur chambre. Sans blague, j'en rirais s'il n'y avait pas Hector et Oscar.

Et Camille ? Camille, c'est Camille. Elle continue à faire des histoires, comme d'habitude. Ses bons vieux textos. Un jour, elle cessera de m'en envoyer et ils finiront par me manquer. Lui en ai-je voulu ? À elle, pas tellement, dans le fond. Je lui tenais surtout rigueur d'avoir embarqué les garçons dans cette aventure nauséabonde, de les avoir contraints de mentir à leur père. C'était une grande fille. Si coucher avec le frelaté ne l'affolait pas, elle avait bien le droit. Cela ne veut pas dire que je me laisserai faire. Est-ce qu'il va leur offrir une pute pour leur prochain anniversaire ?

L'autre jour, j'ai repensé à elle, en tombant, à Sèvres-Babylone, sur un dos de kiosque où il y avait la une du magazine de décoration pour lequel elle travaille. Elle est devenue *la mère de mes enfants*, cette expression qui me hérissait tellement, avant, chez les autres. C'est comme ça qu'on la désigne dans les conversations. Hier, je l'ai croisée rue des Saints-Pères. Elle sortait de chez Sonia Rykiel, des paquets à chaque bras. Elle porte des lunettes noires, maintenant. De mieux en mieux. Est-ce que je connais Camille ? J'ai failli traverser. Au dernier moment, je me suis ravisé. Nous nous sommes salués à la façon dont on dit bonjour à son voisin de siège dans un avion. Au tabac de la rue du Bac, j'ai acheté un Millionnaire. J'ai perdu.

12 : 56 Pauvre homme, dire que tu vas sur ta soixantaine

Nous y voilà. Une dernière chose et on tire un trait, allez. Un mois après que Camille m'avait parlé de Pierre, j'étais tombé sur lui. Enfin, tombé sur lui, c'était peut-être beaucoup dire. J'étais en voiture dans cette partie de la rue de Varenne qui est à sens unique et il faisait son jogging sur le trottoir. Oscar était à côté de moi. Il s'est recroquevillé dans son siège et a dit :

– Il y a Pierre.

Je le vis devant nous sur la gauche. Il trottait dans son tee-shirt vert, son vieux tee-shirt puant.

– Ne l'appelle pas, dit Oscar avec une sorte de panique.

Qu'est-ce qu'il craignait ? Les journaux : « Un jogger sauvagement agressé par un automobiliste dans le VIIe arrondissement. » Une calme chaleur se répandit dans ma poitrine. Je me sentais incroyablement adulte.

Je continuai à avancer doucement. Je baissai la vitre. À sa hauteur, je ralentis. Petit coup de klaxon. Il se retourna. Je le dépassai en tendant un pouce vers le ciel. Chapeau, Pierre Maurin. Il émit un faible « Salut », un salut penaud, surpris, inquiet. J'accélérai en souriant à Oscar. Pierre traversa derrière nous et repartit en sens inverse. Un rond de sueur ombrait son dos.

– Tu aurais dû lui faire un doigt d'honneur, dit Oscar en se redressant dans son siège.

Je secouai la tête. Ça n'était pas la peine. Tu comprendrais plus tard. Ouais, Oscar, on allait lui apprendre à vivre un peu. Dans le rétroviseur, la silhouette de Pierre rapetissait de plus en plus.

Du même auteur aux Éditions Albin Michel

LETTRE OUVERTE À FRANÇOIS TRUFFAUT, 1987
LES HANCHES DE LAETITIA, prix Roger-Nimier, 1989.
ACTUALITÉS FRANÇAISES, 1992.
COMME HIER, 1993.
LA PETITE FRANÇAISE, prix Interallié, 1997.
CHAMPAGNE ! 1998.
UN BIEN FOU, Grand Prix du roman de l'Académie française, 2001.
QUAND LES BRASSERIES SE RACONTENT, 2006.

Chez d'autres éditeurs

PRÉCAUTIONS D'USAGE, La Table Ronde, 1982.
UN TRIOMPHE, Olivier Orban, 1984.

NOS AMIES LES LETTRES, Olivier Orban, 1984.
DES GENS IMPOSSIBLES, prix Kléber-Haedens, La Table Ronde, 1986.
LA SÉANCE DU MERCREDI À 14 HEURES, La Table Ronde, 1998.
PAS TROP PRÈS DE L'ÉCRAN (avec Patrick Besson), Le Rocher, 1993.
MICHEL DÉON, Le Rocher, 1994.
BARBE À PAPA, Belfond, prix des Deux-Magots, 1995.
HISTOIRE DE FRANK, Fayard, 2003.
LE CLUB DES CINQ, Fayard, 2009.

Composition réalisée par IGS-CP

Achevé d'imprimer en avril 2009 en Espagne par
LITOGRAFIA ROSÉS S.A.
08850 Gava

Dépôt légal 1re publication : mai 2009
Librairie Générale Française – 31, rue de Fleurus – 75278 Paris Cedex 06

31/2583/8